Georges Simenon

Les rescapés
du Télémaque

Gallimard

Georges Simenon naît à Liège le 13 février 1903. Après des études chez les jésuites, il devient, en 1919, apprenti pâtissier, puis commis de librairie, et enfin reporter et billettiste à *La Gazette de Liège*. Il publie en souscription son premier roman, *Au pont des Arches*, en 1921, et quitte Liège pour Paris. Il se marie en 1923 avec « Tigy », et fait paraître des contes et des nouvelles dans plusieurs journaux. *Le roman d'une dactylo*, son premier roman « populaire », paraît en 1924, sous un pseudonyme. Jusqu'en 1930, il publie contes, nouvelles, romans chez différents éditeurs.

En 1931, le commissaire Maigret commence ses enquêtes… On tourne les premiers films adaptés de l'œuvre de Georges Simenon. Il alterne romans, voyages et reportages, et quitte son éditeur Fayard pour les Éditions Gallimard où il rencontre André Gide.

Durant la guerre, il est responsable des réfugiés belges à La Rochelle et vit en Vendée. En 1945, il émigre aux États-Unis. Après avoir divorcé et s'être remarié avec Denyse Ouimet, il rentre en Europe et s'installe définitivement en Suisse.

La publication de ses œuvres complètes (72 volumes !) commence en 1967. Cinq ans plus tard, il annonce officiellement sa décision de ne plus écrire de romans.

Georges Simenon meurt à Lausanne en 1989.

CHAPITRE PREMIER

Les mêmes causes produisent les mêmes effets et l'arrivée d'un bateau dans un port est précédée d'un certain nombre d'allées et venues invariables, le bateau fût-il, comme dans le cas présent, un chalutier de Fécamp armé à la pêche au hareng.

Cela ne vaudrait donc pas la peine d'en parler si un détail, cette fois, n'avait été différent.

Bien entendu, on connaissait l'arrivée du *Centaure* alors qu'il ne paraissait pas à l'horizon. Il ne faisait pas tout à fait jour. Il ne faisait plus nuit non plus. Le bateau, là-bas, dans les houles, promenait à bout de mât son fanal terni par le matin. Et, derrière les volets non ouverts du café de l'*Amiral*, les lampes étaient éclairées, les chaises et les tables empilées, un seau noirâtre au beau milieu des dalles.

— Dépêche-toi, que le *Centaure* sera là dans moins d'une heure ! disait Jules, le patron, à Babette, la servante.

Babette, à genoux, les pieds sortant sans cesse de ses sabots, le tablier mouillé moulant ses hanches étroites, promenait sur le sol un torchon gluant d'eau sale.

M. Pissart, l'armateur, dont on voyait la maison sur le quai, en face des premiers wagons, était déjà lavé, rasé, habillé. En achevant de nouer sa cravate, il pénétrait dans la salle à manger où une fille aussi jeune que Babette, mais celle-ci brune comme un pruneau alors que l'autre était rousse, dressait le couvert sur une nappe souillée de vin rouge.

Après tout, c'était peut-être déjà le jour et il faudrait alors garder les lampes allumées toute la journée ? Cela s'était produit la veille, sauf une réverbération jaunâtre vers onze heures du matin.

On n'aurait pas pu dire davantage si ce qui mouillait les pavés et les échines était de la pluie du ciel ou la poussière des vagues qui s'écrasaient là-bas, sur les galets, avec un roulement monotone de préparation d'artillerie.

Peu importe ! C'était le temps de saison. Des femmes couraient dans les boutiques, les femmes dont le mari allait rentrer, et les commerçants savaient que tout à l'heure elles viendraient payer leur note de la quinzaine.

Tout cela, encore une fois, c'était le rythme banal des arrivées de bateaux : les rouleuses mal réveillées qui poussaient leurs charrettes vers le quai où, dans une heure, elles débarqueraient le hareng, et Jules, le patron du café de l'*Amiral*, qui soutirait pour lui le premier jus du percolateur tandis que Babette, les cheveux sur le visage, rangeait tables et chaises.

Seulement, en plus des autres fois, il y avait quatre hommes, à l'hôtel de *Normandie*, où descendent d'habitude les voyageurs de commerce, quatre hommes qui, eux, n'étaient pas des représentants et qui mangeaient des croissants tout en guettant l'arrivée du bateau.

Il est difficile de dire à quel moment précis une ville s'éveille. Cela ne prit que quelques instants. Des wagons circulèrent sur les quais, des trains sifflèrent à la gare, des autos cornèrent au coin des rues et tout à coup on vit la forme noire du *Centaure* qui s'engageait entre les pilotis des jetées.

M. Pissart, l'armateur, était sur le musoir, près de la porte du bassin. Il portait des sabots vernis, des jambières de cuir noir et un pardessus sombre. On ne l'avait vu parler à personne et pourtant tout le monde savait qu'il voulait que le *Centaure* reparte avec la marée.

On en discutait chez Jules, où Babette avait retiré son tablier, arrangé ses cheveux devant la glace et où commençait à flotter l'odeur de café arrosé de fil en quatre.

— Voudront pas repartir ! affirmait Jules, en gros chandail de coureur cycliste.

Les journaux parlaient d'un vapeur grec coulé en mer du Nord et d'un charbonnier en difficulté au large de La Pallice. Le *Bremen* était arrivé à New York avec une journée de retard.

Les houles étaient si puissantes que parfois, dans la passe, le *Centaure* disparaissait pour s'élever ensuite si haut qu'il semblait être projeté sur la ville.

Les quatre hommes de l'hôtel de *Normandie* étaient là, les mains dans les poches, car il faisait froid, avec l'air de gens qui ne s'y connaissent pas

11

et qui regardent accoster un bateau. En somme, avec leurs chapeaux mous peut-être, leurs gabardines, ressemblaient-ils à des voyageurs de commerce.

On commençait à se faire signe, du pont et de terre, à l'aide des mouchoirs. Le chalutier manœuvrait. Une femme en cheveux demandait à un jeune homme vêtu en cheminot :

— C'est vrai qu'il veut les faire repartir à la marée ?

M. Pissart était toujours seul dans la foule, seul avec son cigare de goudron qu'il suçait toute la journée, car le médecin lui avait interdit de fumer.

Une amarre s'abattit sur les dalles mouillées du quai. L'odeur de poisson devint plus forte et les quatre hommes qui n'étaient pas du pays firent mine, à ce moment, de se faufiler vers le premier rang.

Pendant que l'équipage achevait d'amarrer le bateau, M. Pissart, sans souci de se salir, enjambait le bastingage, comme il le faisait chaque fois, s'approchait de Pierre Canut, son capitaine, vêtu du même ciré jaune et des mêmes bottes de caoutchouc que les autres.

Une femme criait à son homme occupé sur le pont :

— … veut vous faire repartir à la marée…

— … aie pas peur !… repondait l'autre.

La vieille chanson recommençait. Quand la pêche était bonne, comme c'était le cas — on le savait par la radio — l'armateur ne voulait pas perdre une journée, pas une marée. Alors on voyait les hommes, qui avaient passé dix ou douze jours en mer, courir la ville sans seulement avoir eu le temps de changer de vêtements. Ceux qui habitaient les villages, les Loges, Benouville, Vauxcottes, tous ceux-là n'avaient pas le loisir d'aller embrasser la femme et les gosses. Ils entraient chez le boucher, chez le légumier, erraient par les rues, chargés de provisions pour dix ou douze nouvelles journées.

— ... vous laissez pas faire !

Et comme Canut, sur le pont, était en conversation avec M. Pissart, une voix plus audacieuse lui cria :

— Te laisse pas arranger, hé, Pierre !... Hardi, Canut !...

Il leva ses yeux clairs, montra le calme visage qui était toujours le sien, se gratta la tête comme ça lui arrivait quand il allait se montrer catégorique. Mais il n'eut pas le temps de prendre la parole. Les quatre hommes, les quatre étrangers auxquels nul ne prenait garde, venaient de monter à bord, avec des précautions pour ne pas salir leurs habits. Ils engageaient la conversation avec Canut et avec l'armateur, et cela formait un groupe si bizarre que tout le monde les regardait et qu'on essayait en vain de deviner ce qui se passait.

Canut s'était d'abord reculé un peu, comme un homme à qui on marche sur les pieds, car son premier mouvement était toujours vif. M. Pissart, lui, s'agitait et son cigare de goudron passait d'un coin de sa bouche à l'autre.

Cela n'empêchait pas les barils de harengs de sortir des cales et de s'empiler sur les petites charrettes, tandis que le charbon dévalait le long d'une tôle bruyante.

— Qu'est-ce qu'ils veulent à ton frère ? demanda quelqu'un à l'homme en tenue de cheminot.

— Est-ce que je sais, moi ?

Et Charles Canut voulait monter à bord à son tour. Un des quatre hommes s'avançait vers lui.

— On ne passe pas ! Tout à l'heure...

— Mais...

— Il n'y a pas de mais !

Cela ne s'était pas encore vu. Ni que M. Pissart, toujours maître de lui, se mît à gesticuler en plein jour, devant tout le monde. Ni que soudain il s'éloignât en criant :

— On va bien voir ! Je vais chercher le maire...

Il fendit la foule, sans cesser de parler pour lui-même.

Il fallut près d'une heure pour savoir de quoi il retournait. Entre-temps, on vit deux des étrangers descendre dans le poste en compagnie de Canut, tandis que les deux autres montaient la garde sur le pont.

Quand Canut reparut, chacun remarqua qu'il n'avait plus son assurance de tout à l'heure et même, comme le dit une femme, qu'il n'avait pas l'air d'être dans son assiette.

— Pierre ! lui cria son frère.

L'autre se contenta de hausser les épaules, comme pour expliquer qu'il n'y comprenait rien, ou qu'il n'y avait rien à faire.

Une auto stoppa sur le quai. Car M. Pissart avait pris sa voiture pour aller plus vite. Il ramenait le maire et le président du Syndicat des armateurs.

Ils palabrèrent à nouveau, sur le pont. Et le plus gros des étrangers semblait répéter sans se lasser :

— Je n'y peux rien ! J'ai des ordres...

C'est à ce moment que M. Pissart, de qui il était d'habitude si difficile d'obtenir une parole, se tourna vers la foule, s'adressa à tout le monde et à personne, s'adressa à Fécamp, au monde de la mer et du poisson, s'adressa à tout ce qui n'était pas ces quatre étrangers et haleta :

— Ils veulent mettre Pierre Canut en prison !

On put croire que les choses allaient mal tourner. Les pêcheurs du *Centaure* sortirent de partout et s'approchèrent, formant le cercle, constituant une masse menaçante de cirés jaunes et de visages non rasés.

— Messieurs..., voulut commencer le commissaire.

— À l'eau ! glapit une femme.

Et Charles Canut, le frère, bousculait celui qui voulait l'empêcher de monter à bord, se débattait, criait :

— Qu'est-ce que c'est, Pierre ?

Si bien que c'était Pierre, en définitive, le plus calme. Il paraissait plutôt ennuyé. Il se grattait la tête, par-dessous sa casquette, regardait par terre, puis regardait les gens autour de lui.

— Vous ne pouvez pas empêcher mon bateau de reprendre la mer, protestait M. Pissart. Il n'y a pas d'autre capitaine disponible à Fécamp. Je ne sais pas si vous êtes capable d'évaluer la perte que…

Le maire n'était pas tranquille. Il aurait bien voulu avertir la police, pour le cas où la scène dégénérerait en bagarre.

— Est-ce qu'il n'est pas possible qu'après un interrogatoire…, intervint-il.

— Je regrette. J'ai l'ordre d'amener Pierre Canut à Rouen et de le remettre entre les mains du juge d'instruction.

— Et si je me portais garant de lui ?

— Je serais désolé, mais…

On grondait sur le quai.

— Pierre Canut, prononça le commissaire, je vous serais reconnaissant, dans votre propre intérêt, de faire en sorte que je puisse remplir tranquillement mon mandat. En cas d'incident, il est évident que…

Ce qui déroutait les autres, c'est que Canut ne bronchait pas, qu'il n'avait pas encore flanqué son poing à la figure du commissaire et de ses trois inspecteurs. Il avait l'air ennuyé, c'était tout. Il se balançait d'une jambe sur l'autre en regardant la foule comme s'il ne voyait personne.

Des gens étaient venus de partout. Il y avait deux cents curieux le long du *Centaure*, et Babette, de son seuil, assistait au spectacle tandis que Jules se glissait au premier rang.

16

— Je vous propose, Messieurs, de passer un moment à la mairie, d'où je pourrai téléphoner personnellement au Parquet de Rouen…

Cela s'arrangea assez bien, en ce sens que le petit groupe put débarquer et traverser la foule qui s'écarta. Mais ce fut pour s'ébranler en cortège dans la direction de la mairie.

Charles Canut suivait comme les autres. Son frère et lui étaient jumeaux. Ils avaient fait ensemble leurs débuts en mer mais Charles, qui n'était pas fort de la poitrine, avait dû choisir un métier moins fatigant.

Pierre Canut marchait le premier, en compagnie du commissaire et des inspecteurs qui ne lui avaient pas passé les menottes. L'armateur et les officiels étaient remontés dans la voiture où ils discutaient.

— Moi, je dis que ce n'est pas Canut qui a tué le vieux Février… Je prétends qu'on n'a pas le droit, alors qu'un bateau va reprendre la mer…

On fut surpris, en arrivant à la mairie, qu'il fût déjà six heures du matin. Le temps avait passé vite. Le commissaire tirait de temps en temps sa montre de sa poche.

— Je vous assure qu'il faut absolument que nous partions par le train de onze heures treize…

Canut, les inspecteurs, le président des armateurs et M. Pissart s'étaient enfournés dans le bureau du maire dont la porte matelassée s'était refermée au nez de Charles Canut.

— Allô ! Donnez-moi le Parquet de Rouen, je vous prie… De toute urgence, oui…

Ici aussi les lampes étaient allumées et l'odeur de poisson pénétrait, comme elle pénètre les moindres recoins de Fécamp.

— Enfin, Canut, dites-moi vous-même si vraiment...

Et le maire avait un air suppliant.

— Je n'ai pas tué M. Février, articula Pierre Canut.

— Alors, pourquoi vous arrête-t-on ?

— Je n'en sais rien.

Les policiers étaient excédés.

— Laissez-moi vous dire, soupira le commissaire, que cette mesure n'a été prise qu'après mûre réflexion. M. Laroche, le juge d'instruction chargé de cette affaire, a pris ses responsabilités en toute connaissance de cause.

Bien que les fenêtres fussent closes, on sentait la foule derrière. Ce n'était pas un vacarme, à peine une rumeur. Les gens étaient plus calmes qu'on n'eût pu s'y attendre ; seul un piétinement à peine perceptible était comme une menace.

— Je comprends parfaitement votre point de vue, monsieur le Commissaire. Mais je sais aussi que les frères Canut jouissent à Fécamp d'une réputation solide, Pierre auprès des marins, son frère auprès de tout le monde. Mettez-vous un moment à la fenêtre...

Ils n'étaient plus deux cents, mais cinq cents, les visages levés vers cette fenêtre que tous connaissaient.

— Allô !... Oui... Ici, le maire de Fécamp...

Et le maire expliquait son embarras.

— … Je vous assure, monsieur le Juge… Vous dites ?… En mon âme et conscience, je vous répète… Pardon !… Je vous demande pardon !… Fort bien !… Vous voudrez bien excuser ma démarche, qui m'est dictée à la fois par ma conscience et par le souci de l'intérêt public…

C'était une de ses phrases favorites et, cette fois, il la prononça avec une réelle sincérité.

— J'ai très bien compris… Comptez sur moi pour prendre les mesures nécessaires…

Il était vexé, furieux, mais il voulait se montrer calme devant ces étrangers qui représentaient un pouvoir tellement supérieur au sien.

— Parfait, Messieurs ! Je vous abandonne donc votre prisonnier. Comme premier magistrat de cette ville, j'ai quelques mesures à prendre pour éviter le désordre. Je vais donc masser les forces de police dont je dispose devant la grande entrée, tandis que ma voiture personnelle ira vous attendre dans la ruelle, où un de mes employés vous conduira. Je vous conseille de ne pas prendre le train à Fécamp, mais de pousser en voiture jusqu'à La Bréauté. Vous y attraperez sans peine le rapide du Havre. Messieurs, je vous salue. Canut, je vous souhaite bonne chance, de tout cœur. Quant à vous, monsieur Pissart, je ne puis malheureusement rien pour vous et je vous demande de calmer les esprits plutôt que de les exciter…

C'était fini. Pierre Canut était prisonnier.

Peut-être était-il le seul à ne pas réaliser la chose et son indifférence déroutait ceux-là qui venaient de le défendre.

Comment croire, en effet, qu'un garçon solide qui, à trente-trois ans, était considéré comme un des meilleurs patrons pêcheurs de Fécamp, n'aurait pas plus de réaction devant un événement aussi dramatique ?

Les autres, qui avaient les nerfs à nu, sentaient, malgré les murs, les moindres remous de la foule et il y en eut soudain de tels que le maire se précipita vers la fenêtre, où il fut rejoint par le commissaire Gentil.

Le spectacle était pénible. Une femme vêtue de noir, âgée d'une cinquantaine d'années, s'approchait des curieux d'une démarche saccadée, et tous s'écartaient avec gêne.

Elle leur parlait, pourtant, sans élever la voix ; elle leur parlait comme si elle se fût parlé à elle-même. Elle ne s'étonnait pas de voir ses compagnons reculer. Elle en avait l'habitude. Correcte et digne, elle continuait à avancer à la façon d'une somnambule.

— Qui est-ce ? souffla le commissaire.

Et le maire, très bas, en se penchant :

— Sa mère.

Pierre Canut dut entendre, car il redressa soudain la tête. Mais il ne franchit pas les quatre mètres qui le séparaient de la fenêtre et il se contenta de froncer les sourcils.

Cependant, dehors, Charles Canut s'élançait au-devant de sa mère, l'entraînait vers la rue voisine tandis qu'elle continuait, pour lui, son interminable monologue.

Au regard interrogateur de Gentil, le maire répondait par un mouvement de l'index sur son front, puis tout le monde se tournait vers la porte, car un huissier annonçait que la voiture était dans la ruelle.

*

Ce n'était pas que le commissaire fût fier du geste, mais il y était obligé, surtout vis-à-vis d'un homme qui mesurait un mètre quatre-vingts et qui avait un mètre dix de tour de poitrine. Il lui passa les menottes, d'un mouvement preste, en murmurant :

— Ce sont les ordres.

Puis il eut d'autres excuses à formuler :

— Sans ces incidents, vous auriez eu le temps de changer de vêtements, d'emporter du linge et vos effets personnels. Vous pourrez toujours vous les faire envoyer...

Le chauffeur du maire conduisait la limousine qui roulait entre les champs de terre noire.

— À moins que, évidemment..., poursuivait le commissaire.

À moins que Canut soit relâché le soir, bien sûr ! Personne ne semblait y croire, pas même Canut, qui poursuivait son rêve intérieur.

À La Bréauté, il y avait des voyageurs, comme toujours. Au début, on ne remarqua pas les menottes mais bientôt le petit groupe dut aller tout au bout du quai pour échapper à la curiosité, surtout que le ciré jaune attirait l'attention.

On ne trouva pas de compartiment vide et il fallut voyager avec deux vieux messieurs qui ne purent, durant une heure, détourner leurs regards du prisonnier.

Un silence épais. De la buée aux vitres. Une chaleur insupportable pour un homme habillé pour le grand vent du large.

À Fécamp, cela tournait à l'émeute. Le maire avait beau, en personne, affirmer que Canut était parti par la ruelle, la foule s'amassait toujours. Ce fut bien pis quand quelqu'un, qui n'en savait peut-être rien, annonça que M. Pissart avait téléphoné à Boulogne pour demander d'urgence un capitaine qui arriverait avant la nuit.

À midi, au café de l'*Amiral*, les gens étaient tellement serrés les uns contre les autres qu'on ne voyait plus les tables et qu'on ne savait plus si c'était l'odeur du poisson qui dominait ou l'odeur de fil en six.

Babette, plus pâle que d'habitude, avec des plaques rouges dues au mouvement qu'elle était obligée de se donner, se faufilait, servait, desservait, cependant que chacun l'observait avec curiosité.

— Qu'est-ce qu'il en dit, ton fiancé ? lui demandait-on parfois.

Elle secouait la tête, envoyant chaque fois des mèches de cheveux sur son visage piqué de taches de rousseur.

Son fiancé, c'était Charles, le frère de Pierre Canut, qui passait toutes ses soirées dans un coin du café, près du comptoir, où Babette venait le rejoindre entre deux clients à servir.

— Est-ce que je sais, moi ? répliquait-elle.

Il y avait des cirés et des vêtements de ville, des marins prêts à embarquer et d'autres qui, ne faisant pas le hareng, en avaient pour des semaines à vivre à terre.

— Vous n'allez tout de même pas vous laisser commander par un homme de Boulogne, vous autres ?

On crânait ! On jurait que non ! On tapait du poing sur la table en prétendant qu'on attendrait la libération de Canut.

Quelques femmes étaient assises près de leur mari. Il y avait de la fumée, de l'humidité, les effluves chauds du poêle et les courants d'air glacés chaque fois qu'on ouvrait la porte.

— Pourquoi Canut l'aurait-il tué ?

Les « rincettes » succédaient aux « rincettes ». On buvait d'abord un café arrosé. Puis, le café à moitié bu, on faisait verser un nouveau fil en quatre dans le verre. Puis, le verre vide, mais chaud, on commandait encore un fil…

Ainsi, de rincette en rincette, les langues devenaient plus pâteuses, les âmes plus sentimentales.

— Celui qui oserait dire que Pierre n'est pas le plus brave capitaine de Fécamp, donc de toute la France…

— On partira pas sans lui !

— Juré !

— Si, cependant…

— Pourquoi qu'on ne leur a pas cassé la gueule, tant qu'on y était ?

Un employé de chez Pissart vint annoncer que l'homme de Boulogne arriverait à deux heures et que le *Centaure* appareillerait avec la marée.

On promit de résister. Puis un premier matelot s'en alla faire ses provisions, un second, un troisième. Parce que, quand même, il y avait les femmes et les gosses !

— Il a dit comme ça que, si le bateau ne partait pas aujourd'hui, il le désarmait…

Alors quoi ?

— Canut n'a même pas essayé de se défendre…

— Des fois qu'il l'aurait tué…

Cela avait commencé sur un mode héroïque, et le maire lui-même avait demandé des renforts de gendarmerie, pour le cas où les choses se gâteraient. Les armateurs, réunis d'urgence, avaient été sur le point de supplier M. Pissart de ne pas faire partir son bateau.

Or, à quatre heures, tandis que la nuit tombait et que le port n'était plus constitué que par des lucioles blanches, rouges et vertes dans le crachin, une grosse lampe à réflecteur éclairait le pont du *Centaure* dont on bouclait les panneaux.

Des hommes, à l'*Amiral*, avalaient un dernier fil avant de traverser le quai à pas lourds.

— Tu l'as vu, toi ?

Il s'agissait du nouveau capitaine, qu'on avait à peine aperçu et à qui on se promettait de faire voir de quel bois on se chauffe à Fécamp.

Des femmes, pas beaucoup, dans les coins d'ombre à regarder le bateau s'éloigner du bord et se soulever dans les premières houles…

Sur le coup de cinq heures, seulement, Charles Canut put quitter la Petite Vitesse où il travaillait et venir s'asseoir dans son coin, chez Jules. Babette s'approcha d'un air las :

— Qu'est-ce que je te sers ?

Car, pour la voir, il était obligé de boire quelque chose, d'attendre les rares moments où elle n'avait personne à servir et où elle pouvait s'asseoir près de lui.

*

Pierre avait eu droit à deux sandwiches au jambon et à une demi-bouteille de vin. Il ne savait pas où il était. Il attendait. Il attendit jusqu'à cinq heures, lui aussi, avant d'être conduit dans une pièce assez mal éclairée, mais surchauffée, où un monsieur assis devant un bureau d'acajou le pria poliment de s'asseoir.

— Pierre Canut, trente-trois ans, fils de Laurence Canut, née Picard, et de Pierre Canut, décédé…

Il avait toujours les menottes aux mains, mais il finissait par les oublier. À une petite table, un jeune homme était assis et semblait écrire tout ce qu'on disait.

Quant à M. Laroche, le juge, c'était un homme de quarante-cinq ans au plus, avec une barbiche comme on en voit aux héros de Jules Verne et l'air d'honnêteté, de probité scrupuleuse qui caractérise ces héros.

La pièce n'était éclairée que par une lampe à réflecteur qui se trouvait sur le bureau et dont la lumière inondait un gros dossier que feuilletait le juge.

— Je suppose, Pierre Canut, que vous vous rendez compte de la gravité des charges qui pèsent sur vous. Pour cette raison, précisément, j'ai décidé de ne vous faire subir aujourd'hui qu'un interrogatoire d'identité. Dès que vous aurez désigné un avocat…

— Je n'ai pas besoin d'avocat, dit Canut d'une voix calme.

— Je vous demande pardon, mais la loi m'oblige à exiger la présence d'un avocat.

— Puisque je n'ai rien fait !

— Ou bien vous en choisissez un, ou bien il vous en sera désigné un d'office. Je crois pouvoir vous dire que, dans votre intérêt, étant donné que votre situation vous le permet…

— Je vous jure, monsieur le Juge, que je n'ai pas tué M. Février…

C'était la première fois qu'il s'animait depuis le matin, la première fois qu'un peu de rose montait à ses joues et qu'il sentait ses menottes, parce qu'il aurait voulu s'accompagner de gestes.

— Je sais ce que vous allez me dire. Ce matin, quand le commissaire m'a demandé si, ces derniers temps, j'avais pénétré dans la maison de M. Février, j'ai répondu que non. J'ignorais encore qu'il était mort. Je considérais que cela ne regardait personne...

— Je vous prie de remarquer, Canut, que je ne vous interroge pas et que je vous ai prévenu...

Canut eut un haussement d'épaules signifiant :

— Cela m'est égal !

Et il poursuivit, véhément :

— Le commissaire a insisté. Je m'en suis tenu à ma première affirmation. Il m'a demandé si, lors de notre dernier séjour, c'est-à-dire la nuit du 2 au 3 février, je n'avais pas rendu visite à M. Février. Je vous répète que je ne savais pas encore et que j'avais le droit de trouver que mes faits et gestes ne le regardaient pas... J'ai dit non...

— Greffier, je vous prie de ne pas tenir compte des paroles que...

— Mais on peut en tenir compte, sacrebleu ! Maintenant que nous sommes entre hommes, ai-je le droit de parler, oui ou non ? Le commissaire est descendu dans ma cabine. Il a trouvé la blague à tabac. Pour en être quitte, je lui ai dit que je l'avais depuis longtemps...

— Je vous répète, Canut, que votre interrogatoire sur le fond aura lieu en présence de votre avocat.

— Je n'en veux pas !

— Vous en aurez un malgré tout !

— Alors, quand aurai-je le droit de parler ?

— Quand la justice décidera de vous interroger. En attendant, en vertu des pouvoirs qui me sont conférés, je vous inculpe de meurtre sur la personne de M. Émile Février, navigateur, soixante-six ans, demeurant villa des *Mouettes*, à Fécamp, meurtre perpétré dans la nuit du 2 au 3 février, vers une heure du matin, à l'aide d'un couteau de marin qui a été retrouvé sur les lieux.

Canut haussa les épaules.

— Je vous inculpe, en outre, de vol d'argent et de titres appartenant à la victime, ainsi que d'un certain nombre d'objets de valeur...

C'était le moment où, là-bas, à Fécamp, le *Centaure*, avec un capitaine qui n'était pas du pays et qui n'avait jamais fait le hareng, se soulevait pour franchir les trois grandes houles des jetées.

La nuit était partout, dans les campagnes, où seules brillaient les fenêtres des auberges et des fermes, sur les voies de chemin de fer, semées de feux de couleurs, sur mer enfin, et même dans les villes, piquetées de becs de gaz, tissées de zones lumineuses et de rectangles obscurs.

— Appelez les gardes et faites reconduire l'inculpé.

Canut s'était obstiné jusqu'au bout. Il n'avait pas voulu désigner d'avocat. Le commissaire, qui l'avait arrêté, jouait au bridge au café de la *Comédie*.

Charles Canut, dans un coin de l'*Amiral*, attendait que Babette pût venir s'asseoir près de lui.

Quant à Mme Canut, elle expliquait doucement à sa sœur, qui cousait sans la quitter des yeux :

— Pierre apprendra bientôt la bonne nouvelle. Quand il saura que Dieu a écrasé le dernier Antéchrist...

Elle disait ces choses sans hausser la voix, tout naturellement.

— Je suis allée à son enterrement pour m'assurer qu'il était bien mort. Auparavant, ils étaient quatre. Le quatrième a rejoint les autres et maintenant mon Canut va pouvoir entrer en Paradis…

La bouilloire, sur le feu, crachait de la vapeur. La soupe mijotait sur le coin du fourneau. La maison des Canut était sans une tache de boue, sans un grain de poussière et, dans le salon vide du rez-de-chaussée, trônait un portrait agrandi représentant un homme de vingt-quatre ans, en tenue de marin, qui, la moustache à part, ressemblait à la fois à Pierre et à Charles, mais davantage à Charles qu'à Pierre.

… Pierre qui allait dormir en prison…

CHAPITRE II

Charles Canut était resté à la gare jusqu'à six heures. Car ce n'est pas parce qu'il avait son frère en prison qu'il pouvait arrêter les opérations de la Petite Vitesse. Il en était arrivé à travailler machinalement, sans penser, son crayon à bout de caoutchouc derrière l'oreille.

Puis il était entré dans deux cafés, non pour boire, mais pour mettre la main sur Filloux, par qui il voulait se faire remplacer le lendemain.

La ville était visqueuse, les boutiques pas assez éclairées pour mettre de la gaieté dans les rues. Sans compter qu'elles étaient séparées les unes des autres par des trous noirs où on voyait les passants disparaître comme dans des trappes, sans cesser d'entendre leur voix.

— Alors, Charles ?

Il tressaillit, pour rien, parce qu'il ne s'attendait pas à être interpellé, reconnut sa cousine Berthe qui devait sortir du salut, car elle avait un livre de prières à la main et elle sentait vaguement l'encens.

— Qu'est-ce que tu as décidé ? Je suis passée chez toi avant d'aller à l'église. Maman est là, car tante est assez agitée. Mais Pierre ?

— Il faut que j'aille à Rouen.

— J'ai prié pour lui. Demain, je communierai à son intention...

C'était une belle fille rose et fraîche, la fille de sa tante Lachaume, qui tenait une pâtisserie rue d'Étretat.

— Bonne chance, Charles.

— Bonsoir !

Il aurait pu rentrer chez lui pour embrasser sa mère. Mais il se dit qu'elle ne risquait rien, puisque la tante était avec elle et que Berthe la relayerait ensuite. Il aurait pu aussi prendre le train aussitôt, car il avait trouvé Filloux, qui le remplacerait le lendemain à la gare.

Ce fut plus fort que lui. Il passa d'abord au café de l'*Amiral.* De toute la journée, c'est à peine s'il avait cessé un instant de penser à son frère et pourtant il fronça les sourcils rien qu'en voyant Paumelle assis à droite du comptoir, tandis que Babette servait des clients au fond de la salle.

Il était comme ça ; il n'y pouvait rien ! Quand il n'était pas à l'*Amiral*, malgré lui, il évoquait toujours Babette en joyeuse conversation avec les clients.

— Tu es injuste, lui disait-elle. C'est à peine si je suis polie avec eux.

C'était vrai. Jules, le patron, le lui reprochait assez et regardait Canut d'un sale œil, à cause de cela. N'empêche que Babette ne pouvait pas interdire à certains pêcheurs de la tutoyer, ni de lui lancer des plaisanteries assez grossières.

Ce soir-là, c'était pis, puisque Paumelle était là, un vaurien, un garçon de vingt ans qui ne faisait que traîner dans le port à l'affût d'une occasion bonne ou mauvaise de gagner quelques francs ou de se faire payer à boire, un rat de quai, pour tout dire.

Paumelle le faisait exprès de s'asseoir près du comptoir, exactement comme Charles, de l'autre côté. Il le faisait exprès d'appeler :

— Ma petite Babette, donne-moi des allumettes !

Et voilà que ça recommençait ! Charles était venu pour dire au revoir à la jeune fille et il restait là, à mesurer l'autre du regard. Il fallait bien qu'il boive quelque chose, comme un client, et que Babette le serve.

— Je te défends de te laisser tutoyer par Paumelle.

— Tu sais bien que c'est vaguement mon cousin et qu'on a été à l'école ensemble…

— Cela m'est égal !

Jamais le temps d'échanger deux phrases ! Un bateau venait d'arriver et dix, quinze, vingt hommes en cirés, roides et glacés, comme des murs, entouraient les tables et réclamaient à boire.

— Quoi de nouveau au pays ?

— On a arrêté Pierre !

— Comment, arrêté ?

— On l'a conduit en prison, à Rouen. On prétend que c'est lui qui a tué le père Février. Ils ont même fouillé le *Centaure* de fond en comble…

Charles voulait dire quelques mots à Babette puis s'en aller. Il l'appelait du geste. Elle passait, avec son plateau, lui soufflait :

— Attends ! Il faut que je te parle…

Tout le monde savait qu'il était là et qu'il écoutait. Néanmoins on ne se gênait pas pour parler de son frère et de toute sa famille.

— C'est-il possible qu'il ait fait ça ?

— Vous savez… D'entendre sa pauvre femme de mère souhaiter la chose toute la journée…

Paumelle appelait Babette, le faisait exprès de la retenir et elle n'osait pas s'en aller. Charles n'aurait-il pas mieux fait d'être près de sa mère ?

— Babette !

— Je viens tout de suite…

Seulement le patron l'envoyait à la cave chercher du genièvre et Paumelle ne se retenait même pas de rigoler.

Si on lui avait demandé pourquoi il était mordu pour cette fille au point que, depuis un an, c'est tout juste s'il ne dormait pas à l'*Amiral*, où il passait toutes ses heures libres, Charles Canut aurait été bien en peine de répondre.

Elle n'était pas belle, pas même jolie. Elle était maigre, avec un visage pâle, des yeux de toutes les couleurs, couleur d'eau sale, disait Pierre en riant, des cheveux toujours en désordre et un air ni gai, ni triste, un air qui n'appartenait qu'à elle, l'air, comme disait toujours Pierre, de se fiche de tout.

Et qu'est-ce qu'il en avait ? Quand il l'embrassait, c'était entre deux portes, près de la cuisine qui sentait le hareng grillé, ou sur le trottoir, où elle s'échappait un instant pour se coller à lui avec plus de docilité que de passion.

Cependant, pour elle, il aurait été capable de tuer Paumelle, ou un autre ! Tout le monde lui en voulait. Sa tante Lachaume, entre autres, ne lui pardonnait pas de ne pas épouser sa fille Berthe qu'il venait de rencontrer à la sortie du salut.

— Babette !

Furieux, il martela :

— Si tu adresses encore la parole à Paumelle…

— Viens un instant dehors.

Tous les clients connaissaient le manège ; il avait trente-trois ans et il suivait un jupon comme un gamin de seize ans.

— Qu'est-ce que tu veux me dire ?

Ils étaient dans la pluie, près de l'écluse, et le vent soulevait les cheveux roussâtres de Babette.

— C'est tout à l'heure que je me suis souvenue… Ce matin, quand j'ai vu le commissaire…

— Alors ?

Il était toujours de mauvaise humeur, parce qu'il était malheureux, parce que Paumelle était là, dans le café, où Babette allait rentrer.

— Eh bien ! il est déjà venu la semaine dernière… C'était deux jours après le départ du *Centaure*… Il m'a demandé si ton frère était en mer pour longtemps et je lui ai répondu que cela dépendait du hareng…

— Il t'a posé des questions ?

— Pas beaucoup… Il m'a seulement demandé si Pierre avait bien reçu sa lettre…

— Quelle lettre ?

— Celle qui est arrivée pour lui le 2, juste quand le *Centaure* est rentré pour repartir le lendemain matin.

— Il est arrivé une lettre pour Pierre ? Une lettre d'où ?

— Je ne sais pas. Je crois que le timbre était français. S'il avait été étranger, je l'aurais remarqué…

— Et le commissaire t'a demandé… ?

Qu'est-ce que cela voulait dire ? Certes, le café de l'*Amiral* servait de boîte aux lettres à la plupart des marins, surtout à ceux qui n'habitaient pas la ville et qui trouvaient plus simple de faire adresser leur correspondance chez Jules. Mais ce n'était pas une habitude de Pierre. Et, ce qui était plus étrange que tout, c'est qu'il ne lui eût parlé de rien.

— Il faut que je rentre, dit Babette, qui grelottait. Qu'est-ce que tu vas faire ?

— Je vais à Rouen.

— Embrasse-moi vite…

Elle était gelée.

— Attends… Je…

Rien à faire ! Jules lui-même ouvrait la porte à vitre dépolie pour rappeler sa servante.

— Tant pis ! Je prendrai l'express de minuit cinq…

Et il pénétra à nouveau dans le café, ce qui était ridicule, il le savait. Il commanda un verre de rhum et se mit à réfléchir, le front têtu.

Pourquoi Pierre ne lui avait-il pas montré cette fameuse lettre ? C'était aussi invraisemblable que… Il n'aurait pas pu dire que quoi ! Mais, pour ce qui était de lettres, tout le monde savait que Pierre n'existait pas.

— Montrez ça à Charles ! disait-il.

Ou bien :

— Je signerai si Charles me dit de signer…

En somme, c'était Charles, avec son air doucement obstiné, son esprit méticuleux, ses yeux toujours un peu tristes, qui représentait l'intelligence. Au point que, lorsque Pierre avait préparé son examen de patron pêcheur, puis de capitaine de bornage, Charles avait dû étudier toute la matière pour l'enseigner à son frère.

Une lettre, ce n'est rien, évidemment ! Cela aurait pu arriver que Pierre…

Mais non ! Même pas ! Lorsqu'il avait une amourette, n'était-ce pas Charles qui écrivait ses lettres d'amour ? Charles qui, par surcroît, était aussi jaloux de lui que de Babette, sinon plus !

Que s'était-il exactement passé le 2 février ? C'était une marée du soir. Pourquoi Charles n'était-il pas à l'*Amiral ?* Il cherchait à se souvenir. Il était minutieux et il eût volontiers pris un papier, pour mieux fixer ses idées.

Il devait dîner avec sa mère, simplement ! Oui ! Il était à dîner quand le *Centaure* était rentré au port. Et ensuite ?

Il appela Babette, lui demanda :

— À quel moment lui as-tu remis la lettre ?

— Quand il est arrivé… Presque tout de suite…

Donc, Pierre était entré à l'*Amiral* en débarquant pour boire un café arrosé, selon la tradition.

Ensuite ?

C'est inouï ce qu'il peut être difficile de préciser des souvenirs après seulement une dizaine de jours. Que Charles fût allé à l'*Amiral*, il n'y avait aucun doute, puisqu'il y passait toutes ses soirées. Il avait dû arriver, lui, vers huit heures...

Bon ! Il se souvenait ! Il s'était informé de son frère et on lui avait répondu qu'il était à bord, avec le forgeron, qui avait une petite réparation à faire. Il l'avait rejoint sur le pont aux tôles glissantes, alors qu'on travaillait au déchargement.

Est-ce que Pierre était plus soucieux que d'habitude ?

Malgré lui, Charles s'était mis à crayonner sur le marbre de la table.

Non ! Pierre était soucieux comme un capitaine qui repart quelques heures plus tard et qui a un travail à surveiller. Il avait sûrement demandé à Charles :

— Comment va maman ?

Et Charles avait répondu :

— Toujours la même chose !

Ce qui était vrai et pas vrai, car elle avait encore eu une crise et, comme d'habitude, en rencontrant M. Février. Toutes les crises se ressemblaient, en plus ou moins violent. M. Février la voyait arriver à lui, indifférente au reste, à la foule comme aux agents, et elle commençait ses litanies, d'une voix monotone.

— Souviens-toi, Antéchrist !… Il y en a déjà trois de morts et mon Pierre, là-haut, attend le quatrième… Est-ce que tu ne sens pas que l'heure est proche ?… Est-ce que tu ne sens pas que ta présence sur la terre est un sacrilège ?…

Elle le suivait, maigre et de noir vêtue, les yeux fiévreux, répétant des phrases menaçantes. La foule s'attroupait. C'était un spectacle pénible, car M. Février, qui n'osait pas répondre, essayait en vain de s'échapper, entrait dans les boutiques où Mme Canut pénétrait à son tour.

Charles était sûr que, le 2, il n'avait pas dit à son frère que leur mère avait eu une nouvelle crise. Par contre, il lui avait parlé de Babette, comme toujours. Il lui avait dit ses scrupules de l'épouser, alors que leur mère ne supporterait pas la présence d'une bru dans la maison.

Car Charles luttait contre ses scrupules. C'était dans sa nature. Il craignait de faire de la peine, de froisser les gens. Il demandait pardon à tout propos, même si c'était sur son pied à lui qu'on avait marché.

Le reste de la soirée ? Toujours pareil ! Il s'était assis près du comptoir, pendant que Pierre travaillait à bord. Puis Pierre était entré avec des camarades.

— Tu ne viens pas à la maison ? lui avait demandé Charles.

Oui ! Cela s'était passé ainsi. Charles était rentré seul pendant que Pierre s'attardait. Il avait dû rester tard dehors, car il ne l'avait pas entendu rentrer. Puis, le lendemain, à sept heures, le *Centaure* prenait déjà la mer.

Or, c'était seulement à huit heures que Tatine, la femme de ménage de M. Février, avait découvert le corps ensanglanté de son maître.

De sorte que cette lettre… Charles en devenait pourpre. Comment le commissaire pouvait-il savoir que son frère avait reçu une lettre, ce jour-là précisément, au café de l'*Amiral* ?

— Babette ! réfléchis bien. Tu es sûre qu'il ne t'a rien dit d'autre ?

Il fut sur le point, d'un geste instinctif, de lancer son verre à la tête de Paumelle, qui le regardait d'un œil narquois.

— Écoute-moi… C'est très important… À quelle heure mon frère est-il parti, ce soir-là ?

— Est-ce que je sais ? On a fermé assez tôt. Peut-être minuit ?

Tant pis ! Il était l'heure de son train et Paumelle restait là, avec Babette, que Charles n'eut pas l'occasion d'embrasser.

La première chose à faire était de voir Pierre et on ne pouvait pas lui refuser cela. Il verrait le juge aussi. Il lui dirait…

Ce fut d'abord le petit train à peu près vide — ils étaient trois voyageurs ! — qui rejoint la grande ligne à La Bréauté. L'express du Havre entra en trombe, avec toutes ses lumières, et Charles Canut se précipita dans un compartiment rempli de soldats et de marins en permission. À Rouen, il méprisa des silhouettes équivoques qui, dans l'obscurité, tentaient de s'accrocher à lui et il prit une chambre dans un hôtel qu'il connaissait, près du marché, se fit réveiller à sept heures.

Une mauvaise nuit, bien sûr ! Est-ce que presque toutes ses nuits n'étaient pas mauvaises ? De jour, ça allait encore. Il travaillait, s'occupait de mille choses, pensait à Babette.

Mais la nuit, dans l'obscurité, c'était bien rare qu'il ne ressentît pas certaine chaleur qui l'effrayait, car il savait que c'était la fièvre et il savait aussi ce qu'elle signifiait.

— Vous devriez essayer de vous faire nommer dans la montagne, lui avait recommandé le médecin, six ans plus tôt. Le climat de Fécamp vous convient mal.

Et sa mère alors ? Et Babette ? Et son frère ? Que feraient-ils sans lui et lui sans eux ?

Il était ainsi fait qu'il avait besoin de se sentir nécessaire aux autres et les autres lui étaient nécessaires. Il avait besoin d'affection, d'épanchements. Il était heureux quand on disait — et on le répétait volontiers pour lui faire plaisir :

— Les deux frères Canut, c'est comme les siamois. Ils seraient incapables de vivre l'un sans l'autre !

Il rougissait quand on ajoutait :

— Pierre, c'est la force, le muscle, la santé. Charles, c'est le cerveau de la famille !

Seulement, la nuit, il se sentait tout seul, malade, dangereusement malade, et par moments il lui arrivait d'étouffer. Il essayait de comprendre pourquoi c'était sur lui que cela tombait, sur lui qui n'avait jamais fait de mal à personne, au contraire !

Et il finissait invariablement par imaginer un enterrement, la foule en noir, son frère cramoisi de douleur au premier rang, les yeux rouges et gonflés…

Il dormit cependant, se réveilla quelques minutes avant sept heures et descendit dans la salle où des maraîchers cassaient la croûte. Il vit un journal, sur une table, lut un mot dont la pliure cachait une lettre : « Assassin… »

Alors, presque sournoisement il prit la feuille, s'installa dans un coin pour lire l'article qui s'étalait en première page avec un titre sur trois colonnes.

L'HALLUCINANTE HISTOIRE
DES RESCAPÉS DU *TÉLÉMAQUE*.
ARRESTATION MOUVEMENTÉE
DE PIERRE CANUT,
L'ASSASSIN D'ÉMILE FÉVRIER.

Il faillit appeler Babette, tant le fait d'être dans un café impliquait pour lui la présence de la servante. Mais celle d'ici était une grosse paysanne indifférente qui avait laissé ses sabots à la porte de la cuisine et qui marchait sur ses chaussons.

L'arrestation de Pierre Canut, capitaine du chalutier Centaure, *qui a donné lieu, hier matin, à Fécamp, à une véritable manifestation de la part des gens de mer, n'est pas seulement la suite de l'assassinat d'Émile Février, perpétré voilà dix jours, mais on pourrait dire que c'est l'aboutissement d'événe-*

ments qui se sont déroulés, en 1906, au large de Rio de Janeiro.

Ces événements qui, pour les marins, sont devenus quasi légendaires, nous avons pu les reconstituer en ayant recours à la collection des journaux de l'époque.

La marine à voiles était encore florissante et la flotte de Fécamp se composait, non seulement de terre-neuvas, dont il reste quelques spécimens, mais d'un quatre-mâts qui faisait chaque année le voyage du Chili : le Télémaque, *capitaine Rolland.*

Or, en hiver 1906, le télégraphe annonça que le Télémaque *avait sombré au large de Rio de Janeiro et que le navire était perdu corps et biens.*

Vingt-huit jours plus tard, un vapeur anglais qui faisait route vers le cap Horn recueillait en mer une chaloupe à bord de laquelle on découvrit cinq corps inertes.

Quatre d'entre eux purent être rappelés à la vie. Quant au cinquième, qui portait une étrange blessure au poignet, il n'était déjà plus qu'un cadavre quand on le hissa sur le navire.

Les quatre vivants étaient :

Émile Février, de Fécamp, trente-six ans, bosco à bord du Télémaque ;

Martin Paumelle, des Loges, vingt ans, matelot ;

Jean Berniquet, de Benouville, vingt-six ans, gabier ;

Antoine Le Flem, de Paimpol, trente-six ans, charpentier.

Quant au mort, c'était Pierre Canut, de Fécamp, âgé de vingt-quatre ans.

42

L'enquête des autorités maritimes fut des plus pénibles. Elle apprit en effet qu'au début, les rescapés du Télémaque étaient six dans le canot. Un matelot anglais qui faisait partie de l'équipage, Patrick Paterson, de Plymouth, dit Quick, âgé de quarante-cinq ans, avait pu prendre place avec les autres dans l'embarcation.

Les vivres manquèrent d'abord, puis l'eau. Et Patrick, qui avait moins de résistance que les autres, mourut le premier.

C'est alors que… Nous avons sous les yeux les dépositions des survivants, mais elles sont impubliables, dans leur sincérité déchirante.

Le canot dérivait depuis quatorze jours. Certains de ces hommes ne pouvaient plus se soulever sur les coudes, tant leur faiblesse était grande, et le bosco, Février, qui avait navigué dans les mers arctiques, donna l'exemple en entaillant le poignet de Quick alors que le corps était encore chaud.

Quand le cadavre de l'Anglais, vide de sa substance, fut jeté à la mer, les cinq hommes avaient des forces nouvelles pour quelques jours, mais ils ne tardèrent pas à sombrer à nouveau dans leur mortel délire.

Les autorités, on le conçoit, se montrèrent curieuses sur la blessure que Canut portait au poignet. Les quatre rescapés furent interrogés séparément, des heures durant, à un moment où leur état ne semblait pas leur permettre de mentir.

Il semble donc que leurs dépositions, qui concordent, soient l'expression de la vérité. Selon eux,

Canut, le dernier jour, fut pris de folie et, de lui-même, se taillada le poignet avec son couteau.

Il laissait une femme, à Fécamp, épousée quelques mois plus tôt, et deux jumeaux ne tardèrent pas à naître.

Charles avait bu machinalement un grand bol de café qui lui barbouillait l'estomac et il regarda avec des yeux qui ne voyaient pas les gens qui, dans l'auberge, parlaient haut et mangeaient avec appétit. Cela lui faisait un drôle d'effet de lire sur le papier des choses qui lui étaient si familières. Car ces choses-là, du coup, n'étaient plus tout à fait les mêmes. C'était un peu comme un paysage d'enfance qu'on revoit plus tard et qui ne ressemble pas au souvenir qu'on en gardait.

Comment avait-on pu raconter le drame en quelques lignes ? Dans la suite, c'était pis !

Nous n'avons pu savoir ce que sont devenus Berniquet et Le Flem…

Charles, lui, le savait. Comment aurait-il pu ne pas le savoir, puisque c'était l'histoire de toute sa vie et de celle des siens ?

Martin Paumelle avait disparu pendant une dizaine d'années, puis il était revenu à Fécamp et avait acheté un vieux cotre, la *Françoise*, pour faire la petite pêche. C'était déjà un ivrogne qui, la moitié du temps, n'était pas lucide, et il n'avait trouvé comme matelot qu'un pauvre type qui piquait des crises d'épilepsie, le Tordu, comme on l'appelait.

À Fécamp, on aurait pu raconter mille histoires sur leur compte, et les aventures dont ils ne se tiraient que par miracle, et les fois où il avait fallu sortir pour eux — toujours pour eux ! — le canot de sauvetage, et Paumelle qui pleurait, quand il était saoul, en demandant pardon à tout le monde, et les cafetiers qui ne voulaient plus le recevoir, et ce fils qu'il avait d'une femme qui avait quitté le pays en le lui laissant sur les bras…

Paumelle était mort à cinquante-trois ans, coincé, écrabouillé littéralement entre la coque de son bateau et le quai, et il ne restait de lui que cette crapule de Gaston Paumelle, celui-là qui narguait toujours Charles et qui tutoyait Babette.

Et d'un !

Quant à Le Flem, il avait vécu plusieurs années en Afrique occidentale où il devait avoir gagné quelques sous, car il s'était installé à Niort comme entrepreneur de menuiserie et il avait épousé une demoiselle de bonne famille.

Celui-là était mort dans son lit, d'une maladie d'estomac, à soixante-cinq ans, et il laissait une fille, Adèle, qui devait avoir vingt ans.

De deux ! Qu'est-ce que le journal disait encore ? Berniquet ? Celui-ci, resté fidèle à la mer, était devenu patron de remorqueur à Ostende et n'était jamais revenu au pays.

Ou plutôt il y était revenu une fois, à la mort de sa mère.

Le soir de l'enterrement, à Benouville, il avait voulu regagner Étretat par le chemin de la falaise. Il ignorait que des éboulements s'étaient produits depuis son enfance et il avait dégringolé de cent et des mètres de haut.

Restait Février, le bosco. Le journal imprimait :

Émile Février, lui, ne rentra pas en Europe. L'enquête terminée, il se fixa à Guayaquil, fit partie de l'équipage d'un bateau reliant l'Équateur aux îles Galapagos, puis d'un cargo de la French Line cabotant le long des côtes du Chili et du Pérou.

Le hasard lui fit rencontrer une Française de Fécamp, Georgette Robin, qui était femme de chambre dans une famille chilienne. Il l'épousa, puis se sépara d'elle.

Voilà deux ans seulement, on le revit au pays, où il venait de prendre possession de la villa des Mouettes, qu'un oncle lui laissait en mourant.

Février était devenu un vieillard paisible et un peu timide, toujours seul et triste, qui se montrait aussi peu que possible dans les rues de la ville.

Il s'y montra d'autant moins qu'il fit la rencontre de Mme Canut, la femme du Canut de jadis…

Charles ne pouvait plus lire. Comment était-il permis de raconter ces choses-là dans les journaux et en quoi cela regardait-il, par exemple, les commères qui vendaient des choux-fleurs et des têtes de céleri devant la porte ?

Sa mère était folle, soit ! Mais pas comme les gens l'imaginent quand ils disent que quelqu'un est fou. Elle était folle à sa manière et, la preuve, c'est qu'il n'avait jamais été question de l'interner.

Elle vivait comme tout le monde, mangeait, faisait son ménage et sa cuisine, et c'est tout juste si sa sœur, qui tenait la pâtisserie située trois maisons plus loin, venait de temps en temps jeter un coup d'œil à la maison.

Seulement, il lui arrivait de pleurer des après-midi entiers en parlant toute seule. Ou encore, sans que rien puisse le laisser prévoir, au moment où, par exemple, elle achetait du beurre dans une crémerie, elle prononçait :

— Est-ce qu'on vous a dit qu'il n'y en a déjà plus que deux ? C'est long ! Mais j'ai de la patience... Le moment viendra où ils seront tous morts et où mon Pierre sera en paix...

Car elle les comptait, ceux qui, dans son esprit, avaient fait à son mari ce qu'ils avaient fait à l'Anglais. Elle se renseignait. Elle était infatigable et elle avait été la première à apprendre la mort de Le Flem.

D'ailleurs, ses crises étaient rares et elles ne devinrent plus fréquentes que quand Février s'installa à Fécamp dans sa villa, près de la falaise d'amont.

— C'est le dernier... Après lui, mon Pierre sera enfin tranquille !...

Et voilà qu'il y en avait des colonnes et des colonnes sur le journal et que tous ces détails-là étaient livrés, pour six sous, à n'importe qui !

— Donnez-moi un fil en six ! commanda Charles, qui ne pouvait pas boire d'alcool, car cela lui faisait mal.

*

Comment le meurtrier a été découvert.

Ils n'avaient pas eu assez de la première page et *ils* en remettaient en troisième !

Du point de vue technique, l'enquête, menée par le juge d'instruction Laroche, avec l'aide du commissaire central Gentil, pourra être citée désormais comme un modèle du genre.

Le 3 février, à huit heures du matin, la femme de ménage de M. Février, connue dans la ville sous le nom de Tatine, s'étonnait, avant d'entrer dans la villa, de voir de la lumière filtrer à travers les persiennes du salon. Elle entra néanmoins sans méfiance, pensant que son maître était monté se coucher en oubliant d'éteindre derrière lui.

Quelle ne fut pas sa terreur en ouvrant la porte du salon et en apercevant le corps du vieillard baignant, la gorge tranchée, au milieu d'une mare de sang.

Les voisins alertés, la police locale arriva sur place, et il faut se féliciter de ce que, comme cela arrive trop souvent, nul zèle intempestif n'ait provoqué de dérangement dans l'état des lieux.

À deux heures, M. Laroche, le commissaire Gentil et un inspecteur de l'Identité judiciaire étaient à Fécamp en compagnie du médecin légiste et l'enquête commençait, si minutieuse qu'elle ne laissa aucun détail dans l'ombre.

Sur la table du salon, deux verres, dont un encore à moitié plein de genièvre, attestaient que peu avant sa mort, M. Février avait reçu un visiteur dont il ne se méfiait pas.

Un autre détail ne manqua pas d'éveiller l'attention des enquêteurs : le couteau, qui avait servi à frapper la victime, était encore englué dans la mare de sang et c'était un couteau de marin de fabrication ancienne portant, grossièrement gravées, les initiales P. C.

La villa de M. Février était bien entretenue et les parquets soigneusement cirés. Il restait à y relever les traces que l'assassin devait avoir laissées et c'est ainsi qu'on put reconstituer ce qui suit :

Vers minuit, selon le médecin légiste, un homme se présenta à la villa des Mouettes et M. Février qui, par extraordinaire, n'était pas couché (il se couchait d'habitude de très bonne heure) alla lui ouvrir la porte.

Il pleuvait. Le visiteur, qui portait des sabots, les laissa à la porte du salon et on retrouve ensuite les traces très nettes de ses chaussons humides sur le parquet encaustiqué.

Une discussion dut avoir lieu. Le visiteur, en tout cas, était nerveux, car ses traces vont d'un bout à l'autre de la pièce et révèlent son agitation.

Puis il s'est assis pendant un certain temps et c'est en examinant un siège que le spécialiste de l'Identité judiciaire devait faire une découverte : à savoir quelques écailles de hareng restées adhérentes à la chaise.

Il était à peu près prouvé, dès lors, que la visite reçue était celle d'un marin qui venait de débarquer.

Or, le seul bateau entré ce soir-là au port était le
Centaure.

*Puisque M. Février s'attendait à cette visite, il res-
tait à interroger sa femme de ménage et celle-ci
confirma que l'avant-veille, à la suite d'une scène
qui avait eu lieu dans la rue, provoquée, comme les
précédentes, par Mme Canut, son patron avait écrit
une lettre qu'il l'avait chargée de poster. Cette lettre
était adressée à Pierre Canut, au café de* l'Amiral,
Fécamp.

*Rarement enquête se déroula avec autant de dis-
crétion et celle-ci était nécessaire. Canut, en effet,
était en mer, non loin des côtes anglaises. Son bateau, comme la plupart des chalutiers de Fécamp,
est muni de la T.S.F. Enfin, il ne faut oublier ni que
les Canut sont deux frères, ni le dévouement qu'ils
ont l'un pour l'autre.*

*Comment se procura-t-on une paire de sabots de
Pierre Canut ? La police a refusé de nous le révéler.
Tout ce que nous pouvons dire, c'est que les traces
concordaient avec celles laissées dans le corridor de
la villa.*

*D'autre part, le commissaire Gentil acquit la cer-
titude que le soir du 2, à peine débarqué, Pierre
Canut avait été mis en possession de la lettre de Février.*

*C'en était assez pour l'inculper et il ne restait qu'à
garder secrètes ces découvertes afin d'éviter que
l'assassin débarquât à l'étranger.*

*On y a si bien réussi que le frère de Canut lui-
même n'eut aucun soupçon et que Pierre put être*

cueilli, non sans protestations de la part de la foule, à son débarquement.

Ajoutons qu'après avoir nié sa visite à la villa des Mouettes, il a fini par avouer qu'il s'y était rendu cette nuit-là.

C'est ce que nous nous permettons de considérer comme un premier pas dans la voie des aveux.

CHAPITRE III

Les gens ne s'en doutaient pas. Et pourtant une simple observation de M. Pissart — il les faisait d'un air ennuyé qui en augmentait la portée ! — suffisait à démonter ce colosse qu'était Pierre Canut. Déjà quand il préparait ses examens, il avait des crises de cafard.

— C'est trop dur pour moi ! Et pourquoi voudrais-tu que je réussisse, alors que tout a toujours été contre nous ?

L'instant d'après, bien sûr, quand Charles l'avait remonté, il n'y pensait plus. De toute façon, ce n'était pas le gaillard solide et sûr de lui qu'on imaginait.

C'est bien pourquoi, à mesure que les heures passaient, l'impatience de Charles devenait une angoisse quasi physique.

— Sais pas ! Voyez au fond du couloir à gauche…

Il y allait, retirait poliment sa casquette devant un huissier qui ne se donnait pas la peine de l'écouter jusqu'au bout.

— Ici, vous êtes au tribunal du Commerce. Voyez au Parquet…

Il avait commencé quand les couloirs étaient encore déserts ; à présent il y avait partout des traces mouillées sur les dalles, des hommes en robe noire qui flânaient avec désinvolture et d'autres gens, des gens comme Canut, qui déchiffraient les inscriptions au-dessus des portes et qui avaient envie de s'en aller.

— Le juge Laroche, s'il vous plaît ?

— Tu sais s'il doit venir, toi ?

— Cela m'étonnerait !

— Écoutez-moi, Messieurs. C'est très important. Je suis le frère de Canut, qui a été arrêté hier à Fécamp. Il faut absolument que je le voie.

— Qui ? Votre frère ?

Pourquoi ces gens, qui étaient des hommes comme lui, qui devaient avoir des soucis comme lui, se heurter comme lui aux difficultés de l'existence, aux aspérités de la terre, pourquoi continuaient-ils à fumer leur cigarette avec indifférence, sans rien faire, pas même l'effort d'un quart de minute, pour l'aider ?

— Vous ne le verrez sûrement pas pendant l'instruction. Attendez le juge si cela vous plaît. Des fois qu'il viendrait !

Alors, devant lui, sans vergogne, ces huissiers commencèrent à parler de leurs petites affaires qui n'étaient pas fort jolies et ils trouvaient naturel de voir, deux heures et demie durant, Charles Canut torturé au bout d'un banc au point que plusieurs fois il faillit crier de rage.

Peut-être le juge, lui, comprendrait-il qu'il devait absolument voir son frère ? Sans quoi Pierre se laisserait abattre, et qui sait s'il n'aurait pas un geste désespéré ? Charles n'aurait pas besoin de le questionner longtemps au sujet du crime. Il dirait simplement :

— Ce n'est pas toi, hein ?

Il saurait aussitôt. D'ailleurs, cela ne pouvait pas être Pierre. Si Pierre avait tué, il ne l'aurait pas fait avec un couteau, ni comme cela, en tranchant la gorge de sa victime. Et Pierre n'aurait rien emporté, surtout des titres et de l'argent !

Seulement, c'est au juge qu'il fallait le dire et Pierre en était incapable. Il devait à peine répondre aux questions, en regardant par terre et en se demandant ce qu'on lui voulait.

— Vous croyez qu'il viendra quand même ?

Quatre heures ! Quatre heures et demie ! Un des deux hommes s'était décidé à lire des papiers plus ou moins officiels et l'autre, les mains derrière le dos, regardait dans la cour.

— Tenez ! voilà une voiture cellulaire. Il est peut-être dedans...

Mais non ! La voiture restait rangée dans un coin de la cour sans que personne en sortît, et son conducteur s'en allait boire un verre au bistro d'en face.

À Fécamp, Charles n'avait pas pensé à tout ça. Il avait décidé d'aller à Rouen pour voir son frère et il n'avait aucune idée de cette grande machine dans laquelle il était perdu. Cela lui rappelait un peu l'hôpital militaire où, une fois, on l'avait oublié, le torse nu, dans un couloir, pendant deux heures.

— Qu'est-ce que vous faites là, vous ? lui avait-on lancé ensuite. Qu'est-ce qui vous prend de ne pas vous rhabiller ?

Et dire que, pendant ce temps-là, Pierre, peut-être...

Il n'osait pas se lever, marcher de long en large sur les quelques mètres carrés de parquet grisâtre. Il tendit l'oreille au moindre bruit et quatre ou cinq fois il tressaillit. Quelqu'un passait, à qui un huissier tendait une liasse de lettres. Le nouveau venu longeait le couloir et pénétrait dans un bureau.

Mais Charles n'avait pas encore fait mine de se lever que l'huissier lui signifiait d'un geste que ce n'était pas M. Laroche. On entendait aussi des sonneries. Des disques blancs tombaient devant les cases d'un tableau de verre. Un petit homme glacé passa et Canut entendit un respectueux :

— ... Bonjour, monsieur le Procureur...

Pourquoi ces gens-là ne travaillaient-ils pas à des heures fixes, comme tout le monde, et pourquoi ne pouvait-on pas les voir ?... Deux hommes, cette fois, qui bavardaient gaiement et qui se faisaient des politesses pour entrer dans un bureau. L'huissier s'approcha de Canut.

— Si vous voulez toujours remplir une fiche...

— Quelle fiche ?

— Inscrivez votre nom et l'objet de votre visite.

Il le fit. Après son nom, il inscrivit : « *J'ai absolument besoin de vous parler de mon frère.* » Il réfléchit, ajouta : « ... *qui est innocent !* »

Cette fois, il se leva. Quand on ouvrit la porte du bureau, il entendit les voix du juge et de son compagnon, puis il perçut nettement la question :

— Qu'est-ce que c'est ?

L'huissier n'avait pas refermé la porte. Le juge devait lire la fiche et il murmurait à l'adresse de son compagnon :

— C'est justement son frère qui veut me voir...

— Vous le recevez ?

Dire qu'il entendait et il ne pouvait pas intervenir. Dire qu'il n'y avait que quelques mètres à franchir, que c'était simple, qu'il attendait depuis des heures et qu'il lui était interdit de bouger !

— Réponds-lui que je le convoquerai quand j'aurai décidé de l'interroger.

Charles vit l'huissier revenir, pas du tout gêné de la commission, répétant les paroles du juge comme il eût dit n'importe quoi.

— Eh bien... ! Qu'est-ce que vous attendez ?

Rien ! Qu'aurait-il attendu ? C'était toujours le mauvais sort, quoi ! Et, comme toujours, il avait conscience de ne pas le mériter.

Les gens qui ne réfléchissaient pas, même à Fécamp, même dans leur rue, disaient « les Canut » comme on dit « les Lachaume », ou « les Bertrand ».

Avaient-ils seulement la moindre idée de ce que c'est d'être nés comme ils étaient nés, d'avoir été bercés par une maman qui pleurait des heures durant, ou qui parlait toute seule d'une voix lamentable ?

Mme Lachaume, sa sœur, que les petits appelaient tante Louise, venait de temps à autre surveiller la maison, c'est vrai. Mais ce n'était qu'une tante et dans la pâtisserie blanche et sucrée les gosses n'étaient pas chez eux !…

Et quand la famille s'était réunie, lors d'une crise plus violente que les autres, et avait discuté pour savoir si on internerait leur mère ?…

Et quand, à l'école, des gosses demandaient :

— C'est vrai que ton père a été mangé ?

Et les moments les plus durs, ceux à ne pas raconter, les fois que, gamins, ils allaient sonner chez l'armateur du *Télémaque* pour demander un peu d'argent, juste de quoi payer le loyer ?…

Cette certitude, partout, toujours, de n'être pas des gens comme les autres…

Au milieu de la grande galerie du Palais de Justice, Charles ouvrit les yeux et eut un moment de flottement. À travers une porte sculptée, il entendit la voix scandée d'un avocat. Il en vit, en robe noire, assis sur un banc, comme de simples clients. Il en avisa un qui avait à peine l'aspect d'un homme de la ville, un petit gros, tout rose, bonasse, qui portait sa robe comme une blouse de maquignon, et il s'avança vers lui en retirant sa casquette.

— Pardon, monsieur l'Avocat…

— Couvrez-vous ! Vous avez une assignation ?

— Non… c'est au sujet de mon frère…

C'était gênant de parler en public, car il y avait deux ou trois personnes qui l'écoutaient, mais il n'osait pas demander un entretien particulier.

— Je suis Charles Canut, de Fécamp. Mon frère a été arrêté hier. Le juge d'instruction n'a pas voulu me recevoir…

Il y avait eu le matin plus de trois colonnes dans les journaux et pourtant l'avocat se tournait vers un confrère, l'œil interrogateur. L'autre approuvait, puis affirmait :

— On a désigné un défenseur d'office.

— Qui ?

— Je crois que c'est le petit Abeille…

— Vous entendez, mon ami ? On a désigné un avocat d'office, maître Abeille…

— Vous savez où je peux le voir ?

Ils se regardèrent encore.

— Il ne plaide pas à la « troisième » ?

— Non. Je me demande s'il n'est pas parti pour Fécamp…

Puis, à Charles :

— De toute façon, vous trouverez son adresse à l'annuaire du téléphone. Vous n'avez qu'à lui passer un coup de fil…

Fini ! On s'était intéressé à lui l'espace d'un instant et on en avait déjà assez. Une demi-heure durant, il s'obstina à chercher Me Abeille dans les couloirs du Palais, avec le secret espoir, à quelque tournant, de se trouver face à face avec le juge d'instruction.

Il se sentait coupable, et pourtant il faisait tout ce qui était en son pouvoir. Il s'en voulait d'avoir passé la soirée de la veille à l'*Amiral*, à cause de Babette, et de n'être même pas allé embrasser sa mère avant de partir.

D'un café, il téléphona chez Me Abeille ; une domestique lui répondit qu'elle ne savait pas quand son maître rentrerait.

— Sans doute pour dîner, fit-elle. Mais ce n'est pas sûr. Demain matin, vous le trouveriez certainement, vers dix heures.

Qu'est-ce qu'il pouvait encore tenter ? Il n'était pas sûr que le lendemain Filloux accepterait encore de le remplacer à la Petite Vitesse.

Il dîna dans son hôtel qui était plutôt une auberge fréquentée par les maraîchers. Dans la grande salle, certains avaient déposé des cages à poules et on entendait caqueter la volaille. Les repas étaient servis sur de la toile cirée brune. Et la bonne, le soir, passait un tablier propre, après s'être lavé les mains à la brosse en chiendent.

Charles avait l'habitude de rester des heures sans bouger dans un coin de café, mais, ce soir-là, il crut maintes fois qu'il allait se lever et crier de colère. Des tas de pensées lui venaient, plus désagréables les unes que les autres, y compris celle qu'à cette heure Babette était en train de servir les clients, à l'*Amiral*, et qu'il y en avait sûrement pour plaisanter avec elle.

Tante Louise était près de sa mère, ou la cousine Berthe. Peut-être l'avaient-elles emmenée chez elles où, depuis que le fils était au régiment dans les Alpes, il y avait une chambre libre.

Mais Pierre ?

— Non ! fit-il à voix haute, en commençant le mouvement de se lever.

Non ! Ce n'était pas possible qu'on garde son frère en prison ! Il fallait faire quelque chose. Tout de suite !

Il téléphona à nouveau chez Me Abeille. Une voix d'homme lui répondit.

— Allô ! Ici, c'est Charles Canut, le frère de Pierre. Je suis à Rouen et je voudrais vous voir…

— Quand ?

— Maintenant, si c'est possible. Pierre n'a rien fait et…

La voix, au bout du fil, parla à quelqu'un d'autre.

— Vous ne pourriez vraiment pas revenir demain matin ?

— Je voudrais vous parler maintenant…

— Soit… Je vous accorderai quelques minutes…

Il lui semblait qu'il était déjà en partie délivré. Il courut par les rues, arriva en face d'une grande maison, sur les quais, et on le fit monter au troisième, par un ascenseur. Il vit la domestique qui lui avait répondu la première fois au téléphone et qui, de son côté, l'examina curieusement.

— C'est vous, Charles Canut ? Attendez un instant.

Elle le laissa debout dans l'entrée, poussa une porte derrière laquelle on sentait une réunion assez joyeuse avec rires en sourdine, et chocs de verres, relents de cigares.

— Faites-le entrer dans mon cabinet... J'arrive...

Pour eux, ce n'était rien, n'est-ce pas ? Ils pouvaient achever la conversation commencée, tandis que Charles restait debout, sa casquette de cheminot entre les doigts, et qu'il tressaillit enfin en entendant derrière lui une voix jeune et enjouée.

— Excusez-moi si je n'ai pas beaucoup de temps à vous donner, mais j'ai ce soir une petite réunion...

Ils se regardaient, peut-être aussi étonnés l'un que l'autre. Canut n'en revenait pas de se trouver devant un jeune homme qui ne paraissait pas trente ans et qui avait plutôt l'air d'un danseur que d'un avocat. Celui-ci, de son côté, s'attendait à autre chose qu'à un petit employé timide.

— Asseyez-vous ! Je vous avoue tout de suite que je n'ai pas encore reçu communication du dossier. Donc, je ne sais rien, sinon ce que les journaux ont écrit. Demain, je dois voir le juge, ainsi que votre frère...

Et voilà qu'ils n'avaient déjà plus rien à se dire ! L'avocat attendait, en rallumant son cigare, tendait un étui à cigarettes vers son visiteur qui balbutiait :

— Merci... Je ne fume pas...

— Alors, que vouliez-vous me communiquer ?

— Ben... Mon frère est innocent...

L'autre haussa les épaules comme pour dire :

— Évidemment !... ça, je m'y attendais...

Puis :

— Il y a un alibi ?

— Je ne sais pas… Justement, il faudrait que je lui parle… C'est difficile à expliquer… Pierre est habitué à ce que ce soit moi qui m'occupe de tout, en dehors de sa pêche et…

Un rire de femme, dans la pièce voisine.

— En somme, qu'est-ce que vous désirez ?

— Je voudrais voir mon frère !

— Hum ! Je ne peux encore rien vous dire de catégorique, mais, étant donné la façon dont l'enquête a été menée, je doute fort que Laroche vous accorde cette autorisation. En tout cas avant d'avoir obtenu des aveux !…

— Mais puisque mon frère est innocent !

— Bien sûr ! Bien sûr !… Enfin !… Écoutez : laissez-moi votre adresse à Rouen… Car je suppose que vous restez à Rouen quelques jours ?… Je m'occuperai de tout cela demain… Je vous ferai signe dès que j'aurai quelque chose pour vous…

Il était debout, souriant, dans une auréole de fumée fine.

— Je suis assez pressé et…

Depuis quelques instants, Charles avait ce regard en dessous et ce léger balancement du corps de tous les Normands qui ruminent une grande décision. Il hésita l'espace d'une seconde, puis ce fut d'une voix ferme qu'il prononça :

— Je suppose que j'ai le droit de choisir un autre avocat ?

Abeille faillit en lâcher son cigare. Ses lèvres frémirent. Pour gagner du temps, il balbutia :

— Qu'est-ce que vous voulez dire ?

— Que, du moment que je paie, j'ai droit à l'avocat qui me plaît…

— Essayez, si cela vous fait plaisir…

Abeille montrait les dents dans un sourire et marchait vers la porte.

— Oui. Je vous conseille vivement d'essayer, car cela sera d'un excellent effet sur les juges ! Sans compter que vous aurez peut-être quelque peine à trouver un confrère qui accepte… Bonsoir, Monsieur !… Par ici !… La porte à droite… C'est cela…

Et il referma violemment la porte, tandis que Charles Canut, un peu soulagé malgré tout, descendait lentement l'escalier.

*

Peut-être l'avait-on fait exprès ? Peut-être était-ce un hasard ? En tout cas, Pierre Canut était resté toute la journée dans sa cellule sans voir personne que son gardien, puis il avait passé la nuit, puis seulement, vers dix heures du matin, sa porte s'était ouverte.

— Suivez-moi !

Il n'était pas rasé. Il n'avait pas pensé à se laver. Il portait toujours ses vêtements de bord, une chemise de laine, une flanelle, un épais chandail et un ciré qui l'engonçait.

— Montez…

C'est à peine s'il remarquait que c'était dans une voiture cellulaire qu'il prenait place. Puis il était secoué, car on suivait des rues aux pavés inégaux.

Il entendait des bruits familiers, la rumeur d'une rue en pleine vie matinale, des cris de marchands et de commères, l'aboiement d'un chien, une cloche d'église, des klaxons…

Quand on ouvrit la porte, il descendit et fut surpris par un rayon de soleil qui pénétrait obliquement dans la cour du Palais de Justice et qui ressemblait, tant il était étroit et lumineux, aux rayons dorés qui, dans les livres de messe, éclairent le visage des saints.

Il n'avait pas fait dix mètres que des gens se bousculaient autour de lui, des photographes, qui braquaient leurs appareils et couraient à reculons.

Il ne broncha pas, et pourtant on avait l'impression qu'avec quelques coups de poing ou d'épaule il pourrait, en dépit des menottes qu'on lui avait remises le matin, disperser cette foule indécente.

Il gravit des escaliers, franchit des portes, s'assit sur un banc, entre deux gardes, et attendit.

Un quart d'heure plus tard, un jeune avocat en robe passait en hâte et pénétrait dans un bureau. Puis la porte de ce bureau s'ouvrait et on poussait Pierre Canut à l'intérieur.

— Asseyez-vous ! prononça la voix neutre de M. Laroche. Voici l'avocat que le Conseil de l'Ordre a désigné d'office pour vous défendre…

Canut regarda Me Abeille, qui ouvrait son dossier avec importance, mais ne dit rien. Puis il eut un bref coup d'œil pour le greffier, qui lui était le plus sympathique des trois.

— Je vais vous poser quelques questions en vous demandant de bien peser les termes de vos réponses. Au besoin, vous avez le droit de consulter votre défenseur…

Le plus extraordinaire, c'est que Canut n'écoutait pas. Il ne le faisait pas exprès. Les sons frappaient ses oreilles, mais il avait de la peine à les assembler en mots et à en réaliser le sens. À ce moment, par exemple, il était en train de penser :

— Cela doit être un homme comme M. Pissart…

Pourquoi le juge était-il un homme comme M. Pissart, il n'en savait rien, mais c'était son idée.

— Une première question, qui est assez délicate, mais que je suis obligé de poser. Est-il vrai qu'à tort ou à raison votre mère ait toujours tenu M. Février pour responsable de la mort de son mari ?

Canut soupira. Il devinait que tout cela allait être inutilement embrouillé, alors qu'il eût été si simple de lui demander…

— Répondez !

— Pourquoi me le demandez-vous, puisque tout le monde le sait ?

— Bien ! Inscrivez que le prévenu reconnaît le fait. Je vous demande maintenant si l'accusation de votre mère ne revêtait pas une forme particulièrement horrible et s'il n'était pas question d'anthropophagie…

L'avocat s'agita, désireux de manifester sa présence, mais Canut avait déjà répondu avec lassitude :

— Après ?

— Greffier, écrivez que l'inculpé reconnaît le fait…

Et le juge, pendant un bon moment, feuilleta des rapports, s'arrêta à l'un d'eux.

— Je lis ici que, depuis deux ans que M. Février s'était réinstallé à Fécamp, les scènes entre lui et votre mère ont été fréquentes, en dépit du soin que M. Février prenait pour ne pas rencontrer son ennemie…

Canut ne put s'empêcher de ricaner :

— Ma pauvre mère est folle !

— Attendez ! Voilà deux mois, votre frère a écrit à M. Février une lettre qui est versée au dossier et qui a été retrouvée dans le bureau de la victime.

Canut leva vivement la tête, car il n'était pas au courant de cette lettre.

— Tenez-vous à ce que je vous la lise ? Elle est assez longue. Votre frère rappelle les événements d'antan et prie M. Février, avec une insistance presque menaçante, de quitter la ville, afin d'éviter de nouveaux incidents nuisibles à la santé de sa mère. Or, le 31 janvier, alors que vous étiez en mer, une collision avait encore lieu en pleine rue et votre mère s'accrochait comme d'habitude aux pas de l'ancien navigateur qui ne mit fin à cette scène pénible qu'en s'enfermant dans une boutique…

— Pardon… commença l'avocat.

— Laissez-le dire ! trancha sèchement Canut.

— Mais…

— Est-ce moi que cela regarde, ou vous ?

Et, au juge :

— Continuez…

N'était-ce pas étrange que, malgré la gravité de l'heure, il restât attentif aux coups de sirène des navires dans le port ? Il se surprenait même à calculer la marée…

— Le soir de cette scène, votre frère écrivait une seconde lettre, plus brève que la précédente. La voici : « *Il est absolument nécessaire que vous quittiez Fécamp et j'espère que, cette fois, vous le comprendrez.* » J'avoue qu'il m'est difficile de ne pas considérer ce billet comme une menace à peine déguisée…

Comme si Charles eût été capable de menacer qui que ce soit !

— Je suppose que c'est à la suite de cette lettre que M. Février vous a écrit, au café de l'*Amiral*, jugeant peut-être que vous étiez plus raisonnable que votre frère. À huit heures, le 2 février, la lettre vous a été remise. Vers onze heures, vous sonniez à la porte de la villa des *Mouettes*, et il faut croire que le début de l'entretien fut cordial, puisque votre hôte vous offrit à boire. N'empêche qu'un peu plus tard vous l'assassiniez et que vous emportiez le contenu d'un secrétaire, à savoir des titres et du numéraire pour une valeur de trente mille francs environ…

— Vous permettez ? commença l'avocat.

— Je vous en prie, Maître.

— Je voudrais savoir sur quoi vous vous basez pour prétendre que c'est mon client qui…

— Ça va ! grommela Pierre Canut en se grattant la tête.

Car ce n'était pas comme cela qu'on pouvait arriver à quelque chose. C'était mal emmanché. On risquait de parler pour rien pendant des heures. Et même en s'y prenant autrement...

Il se sentait tellement loin des réalités, dans ce bureau morne, où l'avocat venait d'allumer une cigarette et où il se meurtrissait sans cesse en oubliant ses menottes !...

— Voulez-vous que je vous raconte ce qui s'est passé ?

— Un instant ! J'ai encore des questions à vous poser et après je vous donnerai la parole, quoique je pense que ce ne sera plus nécessaire. Reconnaissez-vous que le couteau de marin qui a servi à trancher la gorge de la victime soit un couteau ayant appartenu à votre père et marqué de ses initiales ?

— Février me l'a dit...

— Comment ?

— Février me l'a dit, en le sortant d'un meuble pour me le montrer. Il offrait de me le donner.

— Pardon ! Nous parlerons de cela après. Greffier, inscrivez que l'inculpé reconnaît que le couteau...

— Je vous demande pardon à mon tour, intervint l'avocat avec une exquise politesse. Je suis désolé, monsieur le Juge, de n'être pas d'accord avec vous, mais mon client n'a pas dit...

Alors, pour en être quitte, Canut gronda :

— Mais si, j'ai dit !

Il détestait Abeille, d'instinct, et il l'aurait contredit par simple entêtement.

— Deux questions encore et ce sera tout pour aujourd'hui. Les policiers qui ont fouillé votre cabine ont trouvé une blague à tabac d'un genre particulier. C'est une vessie de porc, entourée d'un fin filet qui n'a pu être travaillé que par un marin. Reconnaissez-vous...

— C'est la blague à tabac de mon père. Du moins, Février...

— Cette blague a-t-elle toujours été en votre possession ?

— Non !

— À partir de quel moment est-elle venue entre vos mains ?

— Février me l'a donnée...

— La nuit de sa mort ? Probablement en même temps qu'il vous donnait le couteau ?

— Oui, répondit simplement Pierre Canut, qui commençait à avoir mal à la tête et qui aurait bien voulu fumer.

— Maintenant, dernière question, pourquoi, quand le commissaire vous a demandé si vous aviez rendu visite à M. Février, avez-vous d'abord répondu par la négative ?

Il haussa les épaules, souffla :

— Parce que !

— Parce que quoi ?

— Parce que !

— Vous remarquerez, Maître, que votre client...

— Est-ce que je peux parler, à cette heure ? fit Pierre, presque hargneux.

— Parlez. Je vous avertis que toutes vos paroles sont enregistrées…

Il aurait aimé se lever, marcher de long en large, dégourdir ses membres et surtout se débarrasser de ces saletés de menottes auxquelles il ne pensait jamais au moment de faire un geste.

— Ce ne sera pas long, grogna-t-il, agressif, d'autant plus agressif qu'il savait d'avance qu'on ne le comprendrait pas. Quand j'ai débarqué, ce soir-là, Babette m'a remis une lettre. C'était le vieux qui me demandait d'aller le voir, en ajoutant qu'il avait quelque chose d'important à me dire…

— Vous avez cette lettre ?

— Non !

— Vous pouvez nous dire ce que vous en avez fait ?

— Est-ce que je sais, moi ? Qu'est-ce qu'on fait d'une lettre une fois qu'on l'a lue ? J'ai dû la jeter dans le bassin…

— Continuez ! fit le juge avec satisfaction.

— J'y suis allé. Je me suis douté que ma mère avait encore fait des siennes.

— Pardon ! Vous ne partagiez pas, semble-t-il, les sentiments de votre mère à l'égard de M. Février ?

Canut le regarda sans rien dire.

— Vous refusez de répondre à ma question ?

Il faillit lâcher :

— Elle est trop bête !

Est-ce qu'il savait, lui ? Ils ne demandaient qu'une chose, son frère et lui : ne plus penser à ce drame qui s'était déroulé avant leur naissance et qui empoisonnait leur vie.

— Je continue ?

— Si vous voulez !

— J'y suis allé, sans rien dire à mon frère…

— Pourquoi ?

— Parce que ce n'est pas un marin…

— Je ne comprends pas !

— Tant pis ! Moi, je me comprends ! Avec Février, il valait mieux que nous soyons entre hommes et entre marins. Il m'a fait entrer. Il avait l'air mal portant et il a tout de suite proposé de prendre un verre…

— Et vous, Canut, le fils du Canut qui est mort dans le canot du *Télémaque*, vous avez accepté de trinquer avec…

— Ne parlez donc pas de choses que vous ne connaissez pas !

Il fut sur le point de ne plus rien dire. C'était décourageant, à la fin ! Puis il décida de tenter encore un effort.

— Je vous répète qu'on était entre hommes. Tout de suite, le vieux m'a déclaré qu'il voulait partir, que sa villa allait être vendue…

— À qui ?

— Est-ce que je sais ? Cela ne me regardait pas !

— Si je vous demande cela, c'est que rien ne nous laisse supposer, d'après les papiers du défunt, que la villa fût sur le point d'être vendue. Ceci dit, vous pouvez poursuivre.

71

Il entendait encore, à cet instant précis, les deux coups de sirène d'un vapeur qui descendait la Seine et qui, avant le soir, serait en pleine mer !

— Parlez !

— Vous croyez que c'est utile ?

— Je vous en prie, insista l'avocat.

Canut le regarda comme pour dire :

— Toi, tu commences à m'enquiquiner...

Puis il soupira :

— Il m'a tout raconté...

— Tout quoi ?

— L'histoire du *Télémaque*... Et le reste, sa vie après... Et que mon père, qui était tout jeune, a commencé à flancher aussitôt après ce qui s'était passé avec l'Anglais...

— Que s'était-il passé au juste ?

— Non ! fit-il de la tête.

Aux *Mouettes*, oui, entre hommes, comme il disait, on pouvait en parler, mais pas ici, en face de cet Abeille qui frémissait déjà et qui allumait une nouvelle cigarette comme pour mieux savourer son récit.

— Il a ouvert un secrétaire...

— Celui où se trouvait l'argent...

— Peut-être bien que oui. Il en a sorti un couteau et une blague à tabac. Il m'a montré les initiales. Il m'a dit de prendre ces objets, qui appartenaient à mon père. Il m'a juré qu'il n'était pas coupable, que c'était mon père, dans un moment de fièvre, qui s'était ouvert lui-même le poignet...

— Vous l'avez cru, naturellement ?

— Je l'ai cru.

— Et vous êtes parti en laissant le couteau sur la table ?

— Comme vous dites ! Je suis parti l'estomac chaviré, à cause de ce qu'on venait de raconter et, si vous voulez le savoir, j'ai vomi au coin de la rue…

— M. Février vous avait promis de s'en aller ?

— Dès le surlendemain.

— Il vous a dit où il irait ?

— Non ! J'ai compris que c'était en Amérique du Sud, où il a passé la plus grande partie de sa vie.

— Vous êtes rentré directement chez vous ?

— Oui.

— Sans rencontrer personne ?

— Je ne sais pas. Je n'ai pas fait attention.

Soudain le juge se pencha et martela :

— Où avez-vous caché la serviette de cuir qui contenait les valeurs ?

Canut resta un moment immobile, dressé de toute sa taille. Puis il se replia lentement sur sa chaise et regarda par terre.

— Répondez…

Il ne broncha pas.

— Vous refusez de répondre ?

Le mot fut à peine prononcé. N'empêche qu'on l'entendit aussi nettement que s'il eût été clamé à pleins poumons, tant était complet le silence du bureau où ne bruissait, comme un hanneton, que la plume du greffier.

— M… ! avait dit Canut en se tournant vers le mur.

CHAPITRE IV

Quand, deux jours plus tard, le jeudi, à onze heures du matin, Charles Canut descendit du train, à Fécamp, il était devenu un autre homme. Lui-même le sentait intensément, surtout au moment où, sortant de la gare, il découvrait le bassin lourd de pluie et de salure, ces quais noirâtres, visqueux, ces petites maisons mal alignées, Fécamp, en somme, c'est-à-dire tout son univers.

Or, voilà ce qui se passait. Canut n'avait pas changé. Il n'aurait pas pu. C'était toujours un mal-portant, un triste, un serre-fesses, comme il pensait maintenant. Ce qui avait changé, c'étaient les choses autour de lui, ou plutôt sa façon de les voir.

Avant, c'était simple comme un dessin d'enfant : il y avait la maisonnette où il ne semblait pas possible qu'il ne vécût pas toute sa vie avec sa mère et Pierre, peut-être un jour avec, en plus, Babette ? Puis il y avait la tante Louise et les après-midi du dimanche passés dans l'arrière-boutique où les tartes refroidissaient sur les fauteuils. C'était le domaine familial et on ne s'y abordait pas sans s'embrasser sur les deux joues en murmurant :

— Comment va ta pauvre maman ?

On avait oublié l'original du portrait qui était dans le salon, le jeune homme de vingt-quatre ans, à moustache blonde, mort jadis.

On était des malheureux, simplement, des malchanceux, des gens pauvres, mais honnêtes, sur le compte de qui personne n'avait rien à dire.

Et, en dehors des voisins, des personnes qu'on rencontrait chaque jour aux mêmes endroits, il n'y avait plus au monde que M. Pissart, qui était forcé d'admettre que Pierre était son meilleur capitaine, bien qu'il fît des fautes d'orthographe dans ses rapports ; puis enfin le chemin de fer, entité plus vague qui planait, protectrice, au-dessus de Charles et dont celui-ci, à tout moment, pouvait se réclamer.

Maintenant, c'en était fini de cette simplicité, et Charles Canut n'aurait pas pu dire pourquoi. La ville lui paraissait d'une architecture plus compliquée et son regard méfiant semblait y chercher des tares cachées. Il pénétra comme un étranger dans la cour de la Petite Vitesse, rencontra Filloux à son propre bureau, où il ne retrouva même pas une bouffée familière.

— Alors, dit Filloux, avec cette sorte de respect que l'on affecte vis-à-vis des gens qui ont des malheurs.

— Alors quoi ?

— Ton frère ?

— Il est toujours en prison !

Il disait cela comme un défi, en regardant l'autre dans les yeux. Puis il poursuivait d'un ton détaché :

— Tu peux rester ! Je vais demander tout de suite mon congé… si on ne me l'accorde pas, je le prendrai…

Voilà comment il était maintenant ! Il ferait ce qu'il disait ! Il ferait d'autres choses encore si on l'y poussait !

C'était surtout la veille que le changement s'était produit. Le matin, il s'était rendu au Palais de Justice et, au lieu de lui dire que Pierre était justement dans le cabinet du juge d'instruction, on lui avait fait une réponse évasive. Sinon, il aurait pu attendre pour voir passer son frère.

L'après-midi, par contre, alors qu'il restait morne devant sa tasse de café, à l'hôtel, un inspecteur en civil venait le demander et le conduisait au Palais, sans le renseigner. On le faisait encore attendre, peut-être par principe, dans cette antichambre, dont il haïssait les huissiers.

— Canut Charles ! criait enfin une voix.

Il se levait. Une porte s'ouvrait. Il entrait dans un bureau banal, dans le genre de celui de M. Pissart, et il voyait son frère, toujours en ciré, assis sur une chaise et tournant le dos à la fenêtre.

Ce qu'ils n'auraient pu expliquer ni l'un ni l'autre, c'est pourquoi ils ne bronchèrent pas. Pierre leva les yeux et sembla trouver naturel que son frère fût là. Charles s'arrêta, se tourna vers le juge, tressaillit en apercevant l'avocat Abeille qui souriait avec jubilation.

— Vos noms, prénoms, qualités…

C'est là qu'il commença à sentir que tout ce qu'il avait pensé jusqu'alors était faux. Il n'était plus

Charles Canut, qui avait travaillé avec tant de peine à acquérir l'instruction qu'il avait, ni le Canut qui, sans en avoir l'air, avait fait de son frère ce qu'il était.

Il était Canut tout court, un nom comme un autre, un homme dont on allait essayer de tirer quelque chose.

— Quand avez-vous vu votre frère pour la dernière fois ?

— Quand la police l'a arrêté.

— Mais avant ?

M. Laroche faisait son métier, évidemment ! C'était un homme poli, bien élevé, peut-être sensible ? N'empêche que tel quel, avec ses jolies mains posées à plat sur le dossier, sa tête un peu penchée, son regard paisible, il incarnait tout l'inhumain auquel peut se heurter un homme.

Charles n'osait pas se tourner vers Pierre pour le questionner des yeux et le silence pesait, qu'il fallait rompre à tout prix.

— Je l'ai vu le soir où le *Centaure* est venu pour la dernière fois, bien sûr…

— Vous voulez dire le 2 février ?

— C'est possible.

On aurait dit que Pierre n'écoutait pas. Et soudain Charles vit les menottes, en eut mal aux mains, littéralement, détourna vivement le regard.

— À quelle heure ?

Quoi ? De quoi parlait-on encore ? Quel piège lui tendait-on ?

— Je vous demande à quelle heure, le 2 février, vous avez vu le prévenu.

— Je ne sais plus…

— À minuit ?

Il allait dire non. Mais Pierre n'avait-il pas pu déclarer le contraire ?

— Je ne sais plus…

— Où l'avez-vous vu ?

— Je ne sais plus…

— Saviez-vous qu'il devait aller chez M. Février ?

Qu'est-ce qu'il fallait répondre ?

— Non…

— Il ne vous a pas parlé de cette visite le lendemain ?

— Non…

— Donc, vous l'avez vu le lendemain avant son embarquement ?

— Non…

Voilà ce qui changeait tout ! Ces faits et gestes de chaque jour qui apparaissaient soudain avec leur véritable importance !

— Avez-vous entendu votre frère rentrer, cette nuit-là ?

— Non…

Il dormait ! Et il se doutait bien peu, alors, que ce sommeil pouvait avoir des répercussions graves !

— Avez-vous mis votre frère au courant des deux lettres que vous avez adressées à M. Février ?

— Non…

— Avez-vous rendu visite à M. Février ?

— Non…

Maintenant, on pouvait lui demander tout ce qu'on voudrait : il serait incapable de répondre autre chose que *non*. Il ne savait plus où on en était. Il avait perdu pied. Il avait presque envie de crier d'angoisse et les silhouettes, autour de lui, lui apparaissaient d'une immobilité aussi menaçante que dans un cauchemar.

Pierre, avec son ciré, son front têtu, était lourd et dur, plus grand que nature, comme on voit les gens quand on dort et qu'on ne digère pas. L'avocat Abeille avait toujours un sourire figé sur son visage, mais c'était un visage de cire, avec des cheveux artificiels. Quant au juge, il était immatériel et à certains moments il s'estompait tout à fait derrière la fumée de sa cigarette.

— Vous reconnaissez que votre frère et vous avez été élevés dans la haine de M. Février ?

Qu'est-ce qu'il répondit ? Il n'en savait plus rien. On lui posa encore des questions. On lui fit signer quelque chose. Au dernier moment, il se tourna vers Pierre, qui était toujours assis, ses mains sur ses genoux, et Pierre le regarda.

C'était tout. L'huissier était à la porte. Charles descendait des escaliers où traînaient des bouts de cigarettes.

Voilà ce qui s'était passé. Voilà ce qui ne devait jamais plus exister. Cette heure-là, depuis, il n'avait encore fait que la digérer, qu'essayer de dissiper tout ce malaise, repousser tout ce poids…

Même Pierre, qu'il avait de la peine à revoir comme il était vraiment et dont il s'efforçait d'entendre à nouveau le son de voix.

On ne lui avait rien dit. On ne l'avait pas menacé. Mais il avait bien senti ce qui se passait. Il y a
des brouillards, comme ça, qui descendent lentement, puis écrasent la ville et qui en pénètrent les
moindres recoins.

On tenait Pierre ! On croyait le tenir aussi ! Le
juge n'avait-il pas dit, ou à peu près :

— Je vous serais obligé de vous tenir à la disposition de la justice...

Eh bien ! c'était fini, une fois pour toutes ! Il
était décidé à se délivrer de lui-même, du Canut
humble et timide qu'il avait toujours été.

Il marchait le long du quai et déjà son expression
de physionomie changeait, devenait plus dure ; il
regardait si droit devant lui qu'il ne vit pas un camarade qu'il frôla.

Il fallait sauver Pierre et il n'y avait que lui pour
cela ! Car l'avocat Abeille faisait partie du reste,
du brouillard ennemi.

C'était lui, lui seul, lui, Charles...

Du coup, tout changeait. Il approchait de la petite maison qu'il habitait ; il apercevait déjà le marteau de cuivre bien astiqué, les rideaux de l'unique
fenêtre du rez-de-chaussée. La porte était verte.
C'était lui qui l'avait peinte, un dimanche matin.
C'était lui qui avait installé l'eau courante, car il
était bricoleur.

Seulement ce n'était pas ce Charles-là qui arrivait. Trois maisons plus loin, on voyait la pâtisserie
Lachaume, sa vitrine de marbre où il n'y avait que
quelques gâteaux, sa porte qui, en s'ouvrant, dé-

clenchait une sonnerie ne ressemblant à aucune autre sonnerie de la ville.

C'est là qu'il entra. Il n'y avait personne dans le magasin. Son oncle était dans le fournil, au-delà de la cour, mais sa cousine vint à sa rencontre, en tablier blanc.

— C'est toi ?

Et cette question, sans doute, voulait résumer toutes les autres.

— Comment va maman ?

— Elle est couchée. Mère est près d'elle. L'autre jour, elle est sortie dans la pluie et elle a attrapé la grippe…

Tant pis ! ou tant mieux ! Il valait peut-être mieux que sa mère fût au lit !

— Qu'est-ce que les gens racontent ?

Et il observait Berthe d'un œil soupçonneux.

— Ils ne savent pas… Ils ne croient pas que Pierre ait été capable de… Tu ne veux pas manger un morceau ?… Il faut que j'aille à la cuisine, où j'ai un ragoût qui brûle…

Il était sûr qu'elle l'avait regardé avec un certain effroi, une certaine gêne en tout cas, donc qu'elle avait senti le changement, et il en fut satisfait. Il sortit, fit tinter la sonnette, entra chez lui avec sa clef, poussa la porte du salon où on ne se tenait jamais et où cela sentait le linoléum.

Il y avait un piano, dans un coin, le piano de Charles, car il avait voulu apprendre la musique, pas pour en faire son métier, mais pour son plaisir. Il n'avait pris que six ou sept leçons…

— C'est toi, Berthe ! cria, d'en haut, la voix de
sa tante.

— Non ! C'est moi ! Je monte…

Il avait besoin de renifler dans tous les coins, de
regarder autour de lui, comme pour faire une révi-
sion des valeurs.

Au fond du couloir dallé, aux murs peints en
faux marbre, c'était la cuisine à porte vitrée, mais
elle ne servait pas, elle non plus, car on se tenait au
premier, où il faisait plus chaud.

Les marches craquaient. L'odeur était spéciale,
un peu fade ; Charles n'aurait pas pu la décrire, car
cela avait toujours été l'odeur de chez lui.

Et la tante qui l'attendait sur le palier avait son
odeur aussi, une odeur qu'il n'aimait pas, au point
que, lorsqu'il était petit, il refusait de l'embrasser.

— Pierre ?

Il fit signe que non, questionna à son tour :

— Maman sait ?

Signe affirmatif.

— Qui lui a dit ?

— C'est à croire qu'elle l'a deviné…

— C'est toi, Charles ? fit une voix, qui partait
d'un lit.

Il entra, plus sombre qu'à l'ordinaire, comme si,
en cette seule minute, toute la tristesse de la
maison se fût condensée, comme si, en cette minute seulement, il s'en fût rendu compte.

— Bonjour, maman…

Il se baissa pour l'embrasser au front, vit qu'elle
avait les yeux calmes et secs, donc qu'elle était lucide.

Il fut frappé aussi de trouver sa mère si jeune. Il regardait gens et choses comme après un long voyage, alors qu'il n'était resté absent que trois jours.

— Tu l'as vu ? demanda-t-elle avec cette voix de petite fille qui a peur d'être grondée.

C'est ainsi qu'elle était quand elle n'avait pas ses crises. Elle se faisait toute petite. Elle semblait demander pardon aux gens de tous les ennuis qu'elle leur apportait. Elle se cachait pour pleurer.

— Je l'ai vu...

— Ils vont le garder ?

— Ils ne le garderont pas longtemps ! gronda-t-il entre ses dents.

Et elle, dont la crise approchait, de balbutier :

— C'est ma faute... Mais je sais bien que Pierre ne l'a pas tué... Charles !... Pierre !...

À ces moments-là, elle devait sentir le délire qui approchait et elle les appelait à son secours.

— Pierre !... Je te jure que je n'ai pas voulu...

— Si tu n'as pas besoin de moi tout de suite, je cours jusqu'à la maison, dit tante Louise.

— Mais oui !

— Pierre !... Non, c'est Charles... Il faut que j'aille voir les juges... Ils me croiront, moi...

C'était le lit de noyer de son mariage, couvert d'une courtepointe qu'elle avait faite au crochet. À droite, trônait une grande armoire à glace et le papier de tenture était à petites fleurs rouges et jaunes dans lesquelles Charles, quand il était petit et qu'il fermait à moitié les yeux, voyait le visage de son père.

— Essaie de dormir, maman… Pierre ne restera pas en prison… Ce soir, je dois lui envoyer des vêtements…

Tout à l'heure, il dirait à tante Louise de continuer à s'occuper de sa mère. Il n'en avait pas le temps. Sans compter que cela lui enlevait de ses moyens.

Ce n'était pas tragique, car on y était habitué. Mais, d'un moment à l'autre, elle allait vouloir se lever et elle commencerait son interminable monologue.

— Calme-toi, maman ! Je vais te préparer quelque chose à manger…

— Il y a du jambon dans l'armoire… Louise a apporté une tarte.

Ce n'était pas seulement moralement qu'elle était restée comme une enfant, mais aussi physiquement. On aurait dit que sa vie s'était arrêtée à vingt ans, quand elle avait appris la nouvelle.

Charles s'en avisait aujourd'hui ! Sa mère, à cette époque, n'était pas plus âgée que Babette. Son père était beaucoup plus jeune que lui ! C'était presque un gamin !

Or, voilà qu'elle avait eu deux enfants, qu'elle était restée seule avec eux…

Elle était mince, pâle, toujours en noir, avec des yeux fiévreux, une bouche qui souriait de travers.

— Charles !

— Oui…, cria-t-il de la pièce qui servait de cuisine.

— Mange tout le jambon. Tu as besoin de forces, toi !

Toujours elle avait répété qu'ils avaient besoin de forces et elle ne pensait pas à elle qui n'en avait pas et qui, pourtant, résistait à toutes les maladies.

— N'oublie pas de mettre les flanelles de ton frère dans la valise !...

Ailleurs, des gens mangeaient en famille, assis autour d'une table. Chez eux, on avait toujours mangé n'importe comment, l'un après l'autre, debout ou assis, le plus souvent des choses froides.

La tante revenait déjà, questionnait :

— Elle a mangé ?

— Pas encore... Il faut que j'aille à la gare porter les vêtements de Pierre...

En dehors de cela, il ne s'occuperait plus de rien. Il avait une tâche déterminée à remplir et il voulait garder son sang-froid.

Il fit l'expédition lui-même, regarda ses collègues avec l'air de dire :

— Vous voyez que je suis calme !

Après quoi, malgré tout, il se dirigea vers le café de l'*Amiral*, sourcilla dès le seuil, murmura d'une voix déjà brouillée :

— Où est Babette ?

Sans broncher, Jules se retourna, appela :

— Babette !

— Oui..., cria une voix dans l'arrière-boutique.

C'était elle, parbleu ! Est-ce qu'elle ne pouvait pas avoir à faire ailleurs que dans la salle ? C'était elle qui passait la tête, s'avançait un peu, un torchon à la main, s'essuyait le visage de sa manche et disait à Charles :

— C'est toi !... Alors ?

— Alors rien ! Je suis revenu…

— Qu'est-ce qu'*ils* ont dit ?

— Je ne sais pas. Je suis venu pour découvrir la vérité… Sers-moi un café…

Puis, malgré lui, tandis qu'elle le servait :

— Paumelle est venu ?

— Je ne sais pas… Attends… Hier au soir, je crois…

— Il t'a parlé ?

— Non… Oui… Comme toujours…

Il sentait que s'il voulait aboutir à quelque chose il était indispensable de sortir de tout cela, mais il ne pouvait y réussir du premier coup.

— J'ai demandé un congé de huit jours…

— Ah !

Pourquoi essayait-il tout à coup d'imaginer Babette dans la maison de la rue d'Étretat, avec sa mère, son frère Pierre, sa tante Louise ?

— À quoi penses-tu ? demanda-t-elle.

— À rien…

À rien et à tout ! À la vie ! À sa mère qui avait été une petite bonne femme comme Babette et qui avait eu deux enfants ! Est-ce que Babette, elle aussi ?…

— Je vais retirer de l'argent de la Caisse d'épargne. Je ferai tout ce qu'il faudra pour découvrir quelque chose…

— Tu ne penses pas qu'il s'est peut-être tué ?

Cette idée le frappa, puis il la repoussa. Est-ce qu'un homme se tue en s'ouvrant la gorge avec un couteau ? Comme pour répondre à son objection, Babette continua :

— Souviens-toi de l'Algérien qui s'est suicidé avec un rasoir...

Mais non ! Il allait se laisser embarquer dans cette histoire en oubliant la serviette volée, avec l'argent, les titres.

— Ce n'est pas cela ! affirma-t-il.

Qu'est-ce que le juge lui avait encore demandé ? Ah ! oui. Maintenant, il s'en souvenait, alors qu'au moment même cela ne l'avait pas frappé.

— Votre frère possédait-il un couteau marqué de ses initiales ?

Il avait dû dire non. Pierre ne possédait pas de couteau pareil.

— Lui avez-vous jamais vu une blague à tabac faite d'une vessie de porc entourée d'un filet ?

Il avait dû sourciller. Cela lui avait rappelé quelque chose qui se précisait seulement. De son père, en dehors de l'agrandissement du salon, ils ne possédaient que trois petites photographies et maintes fois son frère et lui les avaient regardées à la loupe.

C'est sur une de ces photos que Pierre Canut, le père, bourrait sa pipe à l'aide d'une blague extraordinaire, celle-là, justement, dont lui avait parlé le juge.

Qu'avait-il répondu ? Cela n'avait pas d'importance, puisqu'on n'avait pas eu l'honnêteté de lui dire pourquoi on lui posait ces questions.

— En dehors de votre famille, connaissiez-vous des ennemis à Émile Février ?

— Alors, Babette ? cria Jules, le patron.

— Je viens !

Toujours cette comédie ! Ils ne pouvaient pas être un quart d'heure ensemble ! Et c'était Jules qui venait prendre la place de la servante, s'installait à califourchon sur une chaise, comme d'habitude, les coudes sur le dossier, sa pipe d'écume aux dents.

— Eh bien ! fiston ?

Charles, qui n'aimait pas être appelé fiston, ne broncha pas.

— Sais-tu que les types de la police sont toujours à rôder par ici ? Faut croire qu'ils ne sont pas si sûrs que ça de leur affaire ! Hier au soir, le commissaire est resté dans ce coin-là jusqu'à minuit, sans parler à personne...

— Il ne vous a rien demandé ?

— On a bavardé un peu, avant midi, tous les deux...

— Qu'est-ce que vous lui avez dit ?

Canut n'aimait pas Jules, non pas à cause de son caractère, mais uniquement parce qu'il était le patron de Babette et que, comme tel, il aurait pu la caresser dans les couloirs.

— Je lui ai dit que ton frère est trop poule mouillée pour avoir zigouillé quelqu'un... Tu comprends ?

Mais oui ! Charles comprenait. Il savait que c'était vrai, que Pierre n'avait de la brute que l'aspect physique et qu'à la maison il n'osait pas tuer un lapin.

— J'ai ajouté que si quelqu'un, dans la famille, avait dû faire son affaire au vieux, ç'aurait plutôt été toi...

Et Jules laissait peser sur lui un drôle de regard, un regard d'homme qui en a beaucoup vu, de toutes les sortes, et qui a l'habitude de se rendre compte.

— Pas vrai ?

— Ce n'est ni Pierre, ni moi…

— Je ne suis pas loin de le croire… Ici, ils sont quelques-uns à menacer de faire du tapage si on ne remet pas Pierre en liberté. Quand le *Centaure* rentrera, cela pourrait faire du vilain…

Il y eut un silence. Jules recula un peu sa chaise, releva son pantalon qui glissait toujours sur son ventre.

— Alors ?

— Alors quoi ? fit Charles, méfiant.

— Je parierais que tu as pensé à quelqu'un…

Du coup, le regard de Canut se dirigea vers le coin où le jeune Paumelle avait l'habitude de s'installer et le patron surprit ce regard, sourit aux anges.

— Qu'est-ce que je te disais ! Seulement, le gars n'est pas bête et il faudrait que tu sois plus retors que lui…

C'était l'heure creuse. Il n'y avait personne dans le café ; Babette devait être occupée à la vaisselle, car on la voyait parfois passer la tête, une assiette ou un verre à la main.

— Suppose que tu arrives à savoir de quoi il vit depuis que son père est mort… J'en disais deux mots au Tordu, qui était le matelot du père et qui continue à venir boire sa goutte ici… Tu remarqueras que je n'insinue rien… Moi, je ne vois que ce que les gens dépensent… Suppose que je n'aie que des clients comme toi, qui restent toute la soirée sur un café, je pourrais fermer la boutique… Paumelle, lui, a la tournée assez facile, du moins certains jours…

— Vous l'avez dit au commissaire ?

— Il ne me l'a pas demandé… Comme ce n'est pas mon affaire, mais la tienne…

— Vous savez quelque chose ?

— Rien du tout ! Surtout, ne va pas prétendre que je t'ai fait des confidences ! Je jurerais que ce n'est pas vrai. On cause, un point c'est tout. Depuis deux ans que Février est revenu au pays, Paumelle a pu le rencontrer…

L'entretien cessa brusquement, parce que le garde maritime et un constructeur de bateaux, dont le chantier n'était pas loin, venaient faire leur manille. On appela l'éclusier pour faire le quatrième et Jules, après avoir posé le tapis sur la table, battit les cartes cependant que Charles Canut regardait par terre.

Il entendait bien qu'entre les coups on parlait de lui et de son frère, à mi-voix, mais il voulait réfléchir à ce qu'on venait de lui dire.

Comment savoir ? Si les choses s'étaient passées honnêtement, du moins à son idée, il serait allé trouver le commissaire et lui aurait déclaré :

— Vous pourriez peut-être interroger Paumelle. Mon frère est un honnête homme, un travailleur, qui n'a jamais fait tort d'un centime à personne, mais, lui, c'est un propre à rien, qu'on rencontre plusieurs fois par semaine dans la maison des filles. Ce n'est pas en donnant un coup de main à gauche ou à droite qu'il gagne sa vie. Jules, qui s'y connaît, a raison : où prend-il l'argent ?

Il appela Babette, paya, s'éloigna à regret et regarda le port d'un air maussade.

Comment pourrait-il savoir si Paumelle et Février se connaissaient ? Comme Février ne fréquentait aucun café, ce ne pouvait être là. On le voyait peu dans les rues, où il craignait de rencontrer Mme Canut.

Pourquoi n'irait-il pas interroger Tatine, la vieille qui servait Février depuis son arrivée à Fécamp ? Elle habitait près du vieux bassin, avec sa sœur qui était couturière à la journée et qui venait travailler parfois chez Lachaume.

Charles Canut marcha, mais à mesure qu'il avançait il perdait de son assurance. Comment allait-il s'y prendre ? Qu'allait-il dire ? Les gens se retournaient sur lui. D'autres lui criaient le bonjour en passant. Le ciel était glauque, avec un soleil tout juste caché par les nuages qu'il jaunissait.

Il fallait faire le tour du port, franchir des terrains vagues. De petites maisons noirâtres s'alignaient, entourées de détritus. La première, c'était celle de l'organiste qui avait donné à Charles ses six leçons de piano et qui avait si mauvaise haleine.

Deux maisons plus loin vibrait une machine à coudre. Donc, la sœur de Tatine était là et Charles sonna, intimidé, le fut davantage encore en entendant des pas feutrés dans le corridor.

C'était Tatine, en tablier de cotonnette à carreaux bleus et blancs, son visage laiteux surmonté de cheveux blancs. Elle avait d'abord ouvert la porte naturellement, comme à n'importe qui, puis elle l'avait repoussée, ne laissant qu'un vide de dix centimètres.

— Qu'est-ce que vous voulez ?

— Je désirerais vous parler un moment… C'est très important… Je vous assure que vous devez…

— Jeanne !…cria la vieille. Viens voir !…

La machine se tut. Une autre vieille parut dans le corridor, questionna d'une voix méfiante :

— Qui est-ce ?

— C'est son frère !… Qu'est-ce que je dois faire ?

C'était ridicule, cette situation, Charles sur le seuil, les deux femmes effrayées dans leur corridor et cette porte qu'il suffisait de pousser !

— Je vous demande un instant… Je vous supplie de me l'accorder…

— Je crois que tu peux le laisser entrer… Je le connais… Je travaille chez sa tante…

Et il pénétra, à droite, dans une pièce encombrée de bouts d'étoffes ornées d'épingles, avec de vieilles gravures de modes piquées sur la tapisserie.

— Qu'est-ce que vous voulez ?

Elles restaient debout toutes les deux, peureuses, se rapprochant l'une de l'autre, comme s'il eût été un assassin, et à travers les rideaux on voyait le vieux port où pourrissaient des barques.

— Mon frère est innocent… Je le prouverai… Mais pour cela, il faut que je découvre le coupable…

92

Elles se regardèrent avec l'air de dire :

— Tu entends cela ?

Et Charles fonçait tête baissée, parlait vite, sans oser les regarder.

— Si M. Février a été tué, il l'a été par quelqu'un d'autre que par mon frère... Probablement par quelqu'un qui le connaissait...

Tatine avait les deux mains sur son ventre, comme un chanoine de vitrail, et nul visage n'aurait pu exprimer une défiance aussi entière, aussi congénitale que le sien.

— Parlez ! Parlez ! semblait-elle dire.

— Je voudrais savoir qui M. Février recevait ces derniers temps, qui il lui arrivait de rencontrer, qui connaissait assez la maison pour...

— Allez demander ça à la police, jeune homme !

— Mais...

— La police m'a interrogée, comme c'est son droit. Je lui ai dit tout ce que je savais. Quant à vous, je vous trouve bien hardi de venir déranger des personnes qui ne vous ont rien fait...

Elles se regardèrent encore ; pour s'approuver mutuellement.

— Si ce n'était pas que votre tante est une personne honorable, je ne vous aurais pas ouvert la porte...

— Dites-moi au moins si Gaston Paumelle...

— Rien du tout ! Nous ne vous dirons rien, parce que nous n'avons rien à vous dire. Sans compter que demain ou après vous serez peut-être en prison...

Elles frémissaient de leur audace, s'avançaient d'un pas, le coinçant contre la porte.

— Vous ne comprenez pas que ?...

— Marthe ! Va donc sur le seuil. S'il refuse de s'en aller, appelle du monde...

Alors, machinalement, il balbutia :

— Je vous demande pardon...

Dehors, il remit sa casquette et marcha sans se préoccuper de la direction qu'il prenait.

CHAPITRE V

On pourrait dire que chacun faisait ce qu'il pouvait. Et chacun, à la même heure, était préoccupé par les mêmes pensées.

M. Laroche avait des amis à dîner ; d'abord un conseiller à la cour et sa femme, ses commensaux habituels, puis un ancien camarade qui revenait de Tahiti, où il était procureur général.

— À certains moments, je me demande si c'est une brute épaisse, expliquait-il au fromage, en humant son chambertin. À d'autres, il m'apparaît comme un faible qu'écraserait le sentiment de son impuissance. J'ai essayé plusieurs méthodes...

M. Laroche était de Chalon-sur-Saône, sa femme de Mâcon, et ils passaient pour avoir une des meilleures caves de Rouen.

— J'hésite à faire comparaître la mère, qui n'est pas bien portante, mais je me déciderai probablement à aller là-bas...

Eh bien ! non. Mme Canut n'était pas si mal portante, et la preuve c'est qu'elle s'était levée, qu'elle avait renvoyé sa sœur chez elle et que, une compresse autour du cou, elle s'était mis en tête, malgré l'heure, de nettoyer son logement. Peut-être s'attendait-elle à voir Pierre rentrer d'un moment à l'autre ? Ou bien devinait-elle cette visite que le juge projetait de lui faire ?

Me Abeille était au théâtre, où il y avait un gala avec une troupe de Paris. Il était un des rares spectateurs en habit, ce qui ne le gênait pas, au contraire, et aux entractes il s'affairait dans les couloirs, prêt à répondre aux questions et à les provoquer.

— Mais si ! Mais si ! Je vous assure que l'affaire pourra encore venir cette session. Dans quelques jours, l'instruction sera close et... Un drame humain, trop humain, qui dépasse tout ce que nous avons vu aux Assises... Pensez à ces hommes, dans leur canot...

M. Gentil, commissaire de la brigade mobile, roulait de temps en temps une cigarette, l'allumait, buvait une gorgée de bière et s'efforçait d'entendre ce qui se disait autour de lui.

Il était du Raincy, où il avait vécu quarante ans. Pendant quinze ans, il avait été attaché à la présidence de la République. Fécamp le déroutait, et jusqu'à cette odeur de genièvre, cet accent qui rendait la plupart des conversations incompréhensibles, ce peu de curiosité des gens à son égard.

Car il était installé au café de l'*Amiral* et tout le monde savait qui il était. N'empêche qu'on ne se tournait pas vers lui. On l'ignorait.

Il avait conscience de faire ce qu'il devait faire. S'il était persuadé de la culpabilité de Pierre Canut, il n'en sentait pas moins qu'il y avait bien des points obscurs et que c'était là qu'un hasard pourrait permettre de les éclaircir.

Celui qui, à cette heure, avait le moins de confiance en lui, c'était encore Charles Canut, et c'était pourtant lui, dont la pensée au ralenti lui était comme un interminable grignotement, lui qui allait avoir une idée, une idée où il y avait quelque chose comme du génie.

Cela avait commencé peu après sa visite aux deux vieilles. Il avait d'abord marché sans but, puis il s'était aperçu qu'il était à moins de cent mètres de la villa des *Mouettes*.

C'était un drôle de quartier, séparé de la ville par les bassins. Au pied de la falaise, il y avait trois ou quatre petites villas assez coquettes, avec des jardins entourés de grillages, exactement comme en face, de l'autre côté de la Manche, en Angleterre.

Plus près, ce n'était qu'une rue, une rue incomplète, car il n'y avait pas eu assez de maisons pour les adosser les unes aux autres et on voyait de grands trous, d'autres plus étroits, et le trottoir, lui aussi, s'interrompait sur quelques mètres.

Il était difficile de comprendre pourquoi des gens étaient venus habiter là au lieu de vivre comme tout le monde dans la ville qu'on apercevait au-delà des bassins. Ils devaient, pour rentrer chez eux, traverser des fondrières, frôler des palissades et la municipalité ne leur avait accordé que deux lampes électriques insuffisantes.

Charles pensait, en s'arrêtant au bord du bassin :

— Voilà ! Pierre est venu, vers minuit... On devait voir de la lumière à la villa du vieux... Sans doute que toutes les autres maisons étaient obscures...

Car ceux qui habitaient ici étaient plutôt de l'espèce de Tatine et de sa sœur, des petites gens à qui c'était égal de vivre dans un endroit triste et éloigné pourvu que cela représente une économie.

Canut regardait autour de lui, sans songer qu'une idée pouvait lui venir, et voilà qu'il avisait une maison différente des autres, dont il connaissait l'existence, mais à laquelle il n'avait pas pensé dès l'abord.

De même qu'on se demandait pourquoi une rue était née là, on pouvait se demander pourquoi, alors qu'il n'y avait pas vingt maisons, quelqu'un avait eu l'idée d'ouvrir un café, ou plutôt, comme il était écrit sur la vitre, un estaminet.

Le fait est qu'il y en avait un et qu'il était aussi étriqué que le reste, beaucoup trop étroit, trop neuf, avec de drôles de rideaux brodés, un comptoir qui n'en était pas un, et seulement deux tables entourées, non de chaises de café, mais de chaises en pitchpin verni comme on en vend dans les bazars.

Canut n'y avait jamais mis les pieds. Il savait que la tenancière était une Flamande, Emma, réfugiée pendant la guerre, et qui devait avoir maintenant plus de quarante-cinq ans.

Il savait aussi que sa maison n'était pas à proprement parler un mauvais lieu, mais plutôt un endroit équivoque. On y allait rarement à plusieurs, et jamais, par exemple, pour faire un domino ou une manille. On n'y allait guère pour boire non plus, car il n'y avait derrière le comptoir que quelques bouteilles de bière fade, une bouteille de fil en six et une de crème de cacao — Emma n'aimant que cette dernière liqueur.

Des hommes seuls, surtout d'un certain âge, qui avaient des heures devant eux, à ne savoir que faire, et qui avaient assez traîné autour des bassins à regarder les gamins pêcher, poussaient la porte de l'estaminet et se sentaient là comme chez eux.

— Comment vas-tu, Emma ?

— Et toi ? Tu as des nouvelles de ta fille ?

Car Emma connaissait les petites affaires de chacun et donnait parfois de bons conseils.

Du matin au soir, elle faisait du crochet, avec de grosses laines de couleurs invraisemblables.

— Sers-toi toi-même, veux-tu ? Verse-moi aussi un petit verre…

On causait, près du poêle flamand sur lequel une cafetière était posée. Un carillon Westminster sonnait les heures, les demies et les quarts.

Il y avait certainement des clients qui ne se contentaient pas de cela, deux ou trois, disait-on, car parfois Emma allait donner un tour de clef à la porte et peu après le store de sa chambre se baissait.

Charles Canut se rendait compte que cela devait sembler étrange de le voir là, debout, les bras ballants, avec l'air de penser très loin… Mais c'est qu'en réalité il venait de faire une découverte.

Est-ce que, par hasard, cette nuit-là, la fameuse nuit du 2 au 3, l'estaminet d'Emma n'aurait pas été encore ouvert à minuit ? Dans ce cas, Pierre serait passé devant en allant à la villa. Donc, on aurait pu le voir !

Et, dès lors, il était facile d'attendre qu'il sorte...

Ce n'était encore rien qu'une idée vague. Mais Charles sentait confusément qu'il fallait aller jusqu'au bout, en tirer tout ce qu'il était possible d'en tirer.

Il regardait la villa, à quatre-vingts mètres, puis le petit café. En faisant sa promenade, même quand il n'allait pas jusqu'à la ville, M. Février devait passer devant chez Emma.

Or, à soixante et quelques années, il était encore vert. Est-ce que ce n'était pas exactement le genre d'homme à aller s'asseoir en face de la cordiale Flamande ? Exactement, oui ! L'homme tout seul ! L'homme qui, par-dessus le marché, a des ennuis ! Et ce n'était pas à son poison de femme de ménage, à Tatine, qu'il pouvait les confier !

Si M. Février fréquentait chez Emma...

Charles Canut ne réfléchit pas plus avant, traversa la rue et poussa la porte, déclenchant une sonnerie grêle. La femme était là, à sa place familière, derrière le rideau qu'elle entrouvrait un peu, si bien que lorsqu'elle levait la tête elle voyait ce qui se passait dans la rue.

— Bonjour ! dit-elle en se levant à regret. Qu'est-ce que vous voulez boire ?

— Je ne sais pas... Vous avez du cidre ?

— Non. De la bière...

100

Il était gauche. Il n'avait pas l'habitude de ces sortes de situations. Il s'était mis à une des tables, près du mur, sous un chromo réclame représentant François Ier buvant de la bière à même un foudre.

— Voilà !

Elle l'avait servi et elle allait se rasseoir, sans plus s'inquiéter de lui, sentant sans doute que ce n'était pas la peine. Elle était grande et forte, encore appétissante malgré son âge, et on sentait que sa placidité lui permettait de rester des journées entières à sa place, à compter à mi-voix les points de crochet.

— Vous avez beaucoup de clients ? questionna Charles, qui rougit en constatant combien sa voix sonnait faux.

Et elle répondit sans lever la tête :

— Des fois !

Il se rendait parfaitement compte qu'il aurait fallu être adroit, qu'une question bien posée suffirait peut-être à le mettre sur la piste. Il avait conscience de son infériorité, mais il était décidé à aller jusqu'au bout, quitte à être ridicule.

— Les gens du quartier doivent venir ici, bien sûr...

Et elle, sans tressaillir :

— Il y en a !

— C'est plus facile pour eux que d'aller boire en ville...

— Sûrement...

Est-ce qu'elle savait qui il était ? Il n'en était pas sûr. Il était beaucoup moins connu que son frère. Il est vrai qu'il lui ressemblait et que le portrait de Pierre avait paru dans les journaux.

— Vous faites la partie, le soir ?

— Quelle partie ?

— Je ne sais pas, moi... Le domino... Ou les cartes...

— Des fois...

Tant pis ! Il fallait continuer.

— C'est agréable pour les gens qui ne peuvent pas se coucher tôt... Moi, par exemple, je ne peux pas m'endormir avant minuit et plus...

Elle leva la tête et le regarda, sans qu'on pût deviner ce qu'elle pensait.

— Il me semble que j'ai déjà vu de la lumière assez tard le soir...

— Ah ! fit-elle en se remettant à l'ouvrage.

Ce fut le silence, rompu soudain par le carillon. Un quart d'heure s'écoula, pendant lequel Charles Canut pensa à tant de choses différentes qu'il fut soudain tout surpris de se trouver là.

— Qu'est-ce que je vous dois ?

— Dix-huit sous.

Il allait payer. Il se ravisa, sans raison, et ce fut vraiment une inspiration.

— Donnez-moi encore un verre...

Elle le servit en soupirant. Puis elle rechargea le poêle, régla la clef, s'assura que son client ne se décidait pas encore à partir et passa dans une pièce de derrière pour moudre du café.

Charles était seul dans la pièce quand la porte s'ouvrit, livrant passage à Gaston Paumelle, qui s'arrêta net, stupéfait de le trouver là.

— Par exemple ! gronda-t-il entre ses dents.

Et Canut, très ému, un peu effrayé, essayait de rester immobile, de garder un visage inexpressif.

Paumelle, comme toujours, était vêtu d'un pantalon bleu, d'un tricot et chaussé de sabots. De longs cheveux bruns sortaient de sa casquette et il exagérait à plaisir son air de jeune voyou, enfonçant les mains dans les poches, collant sa cigarette sur la lèvre inférieure, balançant les épaules en marchant.

— T'es là, Emma ?

Sans se gêner, il passa dans la seconde pièce dont il referma la porte derrière lui et le bruit du moulin à café cessa, tandis qu'on percevait des voix.

Charles aurait pu s'en aller. Il en avait envie, surtout qu'il n'avait jamais su se battre et que Paumelle passait pour aimer les bagarres.

Il resta. Il avait besoin de sentir son propre héroïsme, de dominer cette émotion qui lui rendait la peau moite. Il décida que, si Paumelle l'attaquait, le meilleur moyen serait de le repousser avec les quatre pieds d'une chaise et il s'assura qu'il y en avait une à sa portée.

Dans l'autre pièce on parlait toujours, calmement, puis la porte s'ouvrit et Emma vint chercher la cafetière, en lançant à son client un coup d'œil indifférent.

Cette fois, on ne referma pas la porte et il entendit l'eau qu'on versait sur le café, la voix de Paumelle qui demandait :

— T'as rien à bouffer ?

— Regarde dans le buffet. Il doit rester une brioche...

Emma reparut à nouveau, posa deux tasses en grosse faïence sur la table à laquelle elle travaillait auparavant, revint encore avec la cafetière et un sucrier tandis que Paumelle rentrait à son tour, grignotant sa brioche, se campait un instant devant Canut en le regardant dans les yeux d'un air provocant.

— Dis donc ! fit-il en s'asseyant près de la Flamande et en posant ses pieds sur une chaise. Je me suis laissé dire qu'il y avait encore une place libre en prison...

Elle avait compris, car elle regarda Canut en riant, d'un rire à fleur de peau de grosse fille simple qui n'a pas besoin de grand-chose pour être mise en gaieté.

— T'as pas mis de chicorée dans le café, au moins ?

— Tu sais bien que l'après-midi je n'en mets pas.

— Que tu dis ! Enfin... Sucre-le-moi, tiens !... T'as pas un journal ?

Elle se leva pour aller en prendre un derrière le comptoir et elle vint le lui donner docilement. Alors il le déplia, acheva sa brioche, alluma une cigarette et, tout en tournant machinalement la cuiller dans sa tasse, se mit à lire.

Les minutes comptaient double, triple. On entendait chaque seconde vibrer à l'horloge et les aiguilles avançaient à peine, comme engluées dans l'émail du cadran. Une grue, très loin, de l'autre

104

côté du bassin, faisait un bruit de fond intermittent et il y avait parfois une sirène, ou une porte qui se refermait dans le quartier.

— Verse-moi du café !

Canut n'avait jamais été aussi mal assis et, à force de contempler le chromo représentant François Ier, il en était écœuré. Mais n'était-ce pas un résultat d'avoir découvert que Paumelle était un familier de l'estaminet d'Emma et peut-être l'amant de cœur de celle-ci ?

Car il se comportait comme s'il avait tous les droits dans la maison. Par son attitude, il semblait dire à Canut :

— T'as vu ?... T'as compris ?... T'es content ?... Eh bien ! maintenant, tu pourrais peut-être nous f... la paix !

Seulement, Canut ne partait pas. Il était décidé à rester jusqu'au bout, quitte à essuyer la bagarre.

— À propos, Emma, t'as mis des attrape-mouches sur les chaises comme je te l'avais dit ?

Elle ne réfléchit qu'un instant, regarda Canut et pouffa. Cette fois, elle riait tellement que le café lui remontait à la gorge et qu'elle semblait sur le point d'étouffer.

— Tais-toi ! Tu es trop drôle, toi...

On remarquait davantage son accent. Ses yeux fondaient en eau limpide. Ses joues s'ornaient de couperose.

Paumelle, qui était fier du résultat, réprimait un sourire et cherchait autre chose.

Son père, qui ne s'était jamais marié, l'avait eu avec une fille qui avait disparu et qui, disait-on,

105

était en maison dans une ville du Midi. Cette fille devait être belle car, de tous les gars de Fécamp, c'était sûrement lui qui avait les traits les plus fins, avec quelque chose de racé dans sa démarche, en dépit des airs de voyou qu'il avait adoptés.

— Sais-tu ce que tu devrais faire, Emma ? Cours chez le photographe, qu'il vienne avec son appareil. Comme ça, il nous restera toujours un portrait à mettre à sa place…

Est-ce que Canut se trompait ? Est-ce que, sous cet enjouement, il n'y avait pas une certaine inquiétude et, peu à peu, de la colère qui montait ?

En tout cas, Paumelle ne lisait pas. Le journal ne lui servait que de prétexte à des poses avantageuses et à de longs silences.

— Donne-moi un coup de fil, veux-tu ? De *ma* bouteille…

Il insistait, Charles pensait soudain qu'à la même heure Babette était au café de l'*Amiral* et que des hommes…

Enfin Paumelle changea de place, tourna carrément le dos à Canut et se mit à parler à mi-voix, puis à voix basse à sa compagne, comme des gens qui ont des tas de choses à se raconter.

C'était encore plus gênant d'entendre ce chuchotement continu et de ne pas savoir de quoi il s'agissait. Peut-être de choses sans importance ? Mais peut-être aussi de la seule qui, pour Canut, eût de l'intérêt ?

— Allons ! Je te laisse… L'autre va sûrement arriver d'un moment à l'autre…

Il était six heures. L'autre, c'était vraisemblable-
ment un des clients réguliers de la Flamande et,
quand Paumelle fut sorti, Charles se leva à son
tour.

— Bonsoir ! lança-t-il sans obtenir de réponse.

Un moment, il eut très peur. Paumelle longeait
le bassin, dans l'obscurité, et Canut l'avait suivi
sans réfléchir. De temps en temps, il devait en-
jamber les amarres d'un bateau. Il n'y avait personne autour d'eux. Deux lampes électriques seulement, de l'autre côté de la rue, dont une en face
de la maison de Tatine…

Pourquoi Paumelle ne se retournait-il pas brusquement ? Il lui suffirait de laisser Charles arriver
à sa hauteur et de lui donner un coup d'épaule qui
l'enverrait dans le bassin…

Tant pis ! Il était trop tard ! Il ne ralentit pas le
pas et Paumelle, au lieu de contourner le vieux
bassin, prit par le pont tournant au milieu duquel il
resta un moment immobile à regarder l'eau.

Pourquoi n'aurait-il pas tué Février ? Il détestait
Pierre, c'était certain. C'était une haine assez spéciale, comme une haine de famille. Car il y avait un
lien entre eux : ils étaient fils de deux du *Télémaque* et Canut lui-même ne pouvait pas considérer Paumelle comme un étranger. C'était un peu
comme un cousin qui aurait mal tourné.

Était-ce sa faute ? Peut-être pas ! Son père était
toujours ivre et le laissait courir les rues en
haillons. Le Tordu, qui lui tenait lieu de nourrice,
était un type inquiétant qui avait des trucs à lui,
comme de pêcher à la dynamite, comme aussi de

voler de la morue dans les wagons, et que personne ne fréquentait.

Quand son père était mort, Paumelle n'était pas allé à l'enterrement et avait passé sa journée au café.

Est-ce qu'il n'était pas jaloux des deux autres, de Pierre surtout, qui commandait un bateau, ce Pierre sur le compte de qui on ne faisait que des éloges, au point que c'en était fatigant ?

On pouvait demander à n'importe qui :

— Quel homme est-ce, Pierre Canut ?

— Sûr que c'est le meilleur patron pêcheur d'ici !… Et honnête ?… Un homme qui ne ferait pas tort d'un centime à quelqu'un, qui en serait plutôt de sa poche…

S'il y avait une discussion, on entendait :

— On va demander à Canut d'arbitrer…

Et, s'il y avait une décision à prendre, on disait :

— Faut d'abord voir ce que fait Canut…

Quand ils étaient petits, dans les boutiques, on leur donnait des bonbons, à lui et à son frère, et les commères soupiraient :

— Des petits qui ont une vie bien triste…

Tandis qu'on traitait Paumelle de jeune voyou ! C'était comme ça !

Pourquoi, maintenant, entrait-il à l'*Amiral* ? N'était-ce pas pour le narguer ? Il s'approchait du comptoir, s'avançait tout contre Babette et lui donnait une tape sur la joue, gentiment.

— Ça va, ma petite Babette ? Je t'amène mon chien. Donne-lui donc à boire…

Et il alla s'asseoir à sa place, tandis que Charles, qui avait entendu, hésitait, le regard trouble, se laissait tomber sur la banquette, en face de son ennemi.

Babette n'avait pas compris. Elle prenait la commande de l'un et de l'autre, semblait demander à Charles ce que cela signifiait. Charles, en même temps, s'apercevait qu'il était installé à moins d'un mètre du commissaire Gentil qui avait assisté à la scène.

Pourquoi les choses ne se passaient-elles pas comme elles auraient dû se passer ? Il aurait dit au commissaire tout ce qu'il savait, tout ce qu'il soupçonnait. Le policier aurait pu, lui, interroger les gens, découvrir des preuves.

Ce n'était pas la peine, il en avait fait l'expérience ! Le commissaire était de la même race que le juge et que Me Abeille ! En attendant, Paumelle crânait et intervenait dans une partie de cartes qui avait lieu à la table voisine de la sienne.

— Vous avez envoyé des vêtements à votre frère ?

Il tressaillit, se tourna vers le commissaire, qui lui adressait tout naturellement la parole.

— Oui...

— Cela s'est passé si vite... Le juge vous a permis de le voir ?

— Je l'ai vu un moment...

L'autre ne trouvait plus rien à dire, soupirait, croisait et décroisait ses jambes.

— Cela doit être terrible pour votre mère... Est-ce qu'elle se rend compte ?

— De tout, oui !

— Pourtant, il n'y avait pas moyen de faire autrement...

Il ne paraissait pas bien gai, lui non plus. Il avait une cinquantaine d'années et à certain moment, après une grimace, il avala deux petites pilules qu'il prit dans une boîte en carton. Il était donc malade. Mais quelle maladie ?

Jules, le patron, était malade aussi et le docteur lui avait dit que, s'il ne se mettait pas à un régime sévère, il ne passerait pas l'année, ce qui ne l'empêchait pas de trinquer du matin au soir avec les clients. Le matin, il avait des poches sous les yeux, le teint plombé, et il prétendait qu'il lui fallait un grand verre de genièvre pour se remettre, ce qui, en effet, lui rendait des couleurs.

— Vous avez repris votre travail au chemin de fer ?

— Non.

Cela lui faisait penser qu'il n'était pas passé là-bas pour savoir si son congé était accordé ou non. Tant pis !

Babette, le voyant parler au commissaire, n'osait pas s'approcher et ce fut Charles qui l'appela.

— Donne-moi quelque chose à manger... N'importe quoi... Du pain et du saucisson...

— Il y a des harengs grillés...

— Ça va...

De jour, avec les bateaux qui entraient et sortaient du port, le café de l'*Amiral* était assez animé. Mais, le soir, c'était à peine plus gai que

110

chez Emma. D'abord, comme dans toute la ville, même chez M. Pissart, on n'éclairait pas assez et on voyait littéralement de la grisaille flotter autour du filament des lampes, avec des flocons de fumée et comme une fine poussière d'ennui.

Il y avait deux tables de joueurs autour des tapis-réclame d'un vilain rouge, puis deux vieux amateurs de dominos qui faisaient un bruit énervant en remuant les pièces d'ivoire sur le bois de la table.

Babette s'accoudait au comptoir. Des clients s'en allaient et, dès ce moment, elle regardait l'heure de temps en temps car tout dépendait désormais de la partie qui pouvait se terminer de bonne heure, mais qui pouvait durer jusqu'à minuit.

À cette heure, seulement, elle avait le droit de commencer à ranger les chaises sur les tables et de mettre les volets.

Le commissaire partit bien avant, après un salut à Charles qu'il considérait sans rancune, comme s'il n'eût pas été le frère d'un homme qu'il avait mis en prison.

— Qu'est-ce que t'as fait ? demanda Babette en s'approchant enfin de Canut. Je ne t'ai pas vu de toute la journée.

— Je ne peux pas te répondre maintenant, répondit-il en désignant du regard Paumelle, qui conseillait les joueurs.

— Je comprends !

Elle semblait lasse. Il est vrai qu'elle n'avait pas beaucoup de santé.

— Tu es malade ?

— Non ! C'est mon dos ! C'était le jour des vitres...

Elle avait passé toute sa journée sur une échelle, à étendre les bras autant que possible. Sans compter qu'il fallait apporter les seaux d'eau de la cuisine !

Du coup, sans savoir pourquoi, Charles fut envahi non par le découragement, mais par une sorte de désespoir. Peut-être les pilules du commissaire y étaient-elles aussi pour quelque chose. Et encore le fait que lui-même n'avait pas pris son médicament et qu'il allait tousser toute la nuit !

Sa tante Louise, qui paraissait tellement bien portante, en était à sa troisième opération dans le ventre, et son mari, le pâtissier, avait une hernie qui le rendait de mauvaise humeur d'un bout de l'année à l'autre.

Est-ce que c'était partout ainsi ? Est-ce qu'il n'y avait pas moyen de voir la vie autrement qu'avec des maladies et des ennuis de toutes sortes ? On disait que depuis trois ans M. Pissart reculait la faillite de mois en mois, et il avait bien la mine d'un homme aux prises avec les soucis.

Alors ?

— Il aurait mieux valu que nous soyons déjà mariés, dit-il soudain à Babette, sans savoir pourquoi cette réflexion lui venait brusquement.

Un de ses camarades du chemin de fer s'était marié deux mois auparavant et pendant des semaines il était venu à la Petite Vitesse avec des catalogues de meubles et d'objets de toutes sortes ; puis, en chemin, il désignait l'appartement qu'il avait loué au second étage d'une maison neuve, en briques rouges.

— Tu verras que tout s'arrangera... soupira Babette en se dirigeant vers les joueurs de dominos qui l'appelaient pour payer.

Puis elle alla mettre l'argent dans le tiroir-caisse, son pourboire dans la petite boîte qui lui était personnelle.

— Tu t'en vas déjà ?

Il n'était que onze heures. Les joueurs de manille en avaient encore pour un bon moment, mais Paumelle s'était levé et appelait :

— Qu'est-ce que je te dois, ma petite Babette ?

Il sortit et Charles souffla :

— Je vais peut-être revenir...

Il n'aurait pas pu dire pourquoi, à ce moment, il s'obstinait sur les pas de Paumelle, alors que c'était l'heure où Babette allait mettre les volets et où, dans l'obscurité du trottoir, il pourrait l'embrasser.

Il s'obstinait, voilà tout ! Il s'obstinait parce qu'il était triste, parce qu'à ce moment précis il ne croyait plus en rien, ne se sentait plus rattaché à rien, sinon à tous les malheurs du monde.

C'eût été presque un soulagement de voir Paumelle se retourner et de se battre avec lui, d'être étendu d'un coup de poing dans la boue gluante de la rue.

Mais Paumelle ne se retournait pas. Il longeait les quais, se dirigeait vers la jetée, où il n'y avait que des chantiers. D'abord, Charles se demanda :

— Qu'est-ce qu'il peut bien aller faire ?

Et il ne fut pas loin de croire que l'autre l'entraînait de ce côté pour le tuer.

Mais non ! Devant une barrière, Paumelle s'arrêtait, tirait une clef de sa poche. Puis il refermait
la barrière, traversait un terrain vague, pénétrait
dans une cabane en bois où il alluma une bougie.

Voilà ce que c'était ! Jamais Canut ne s'était demandé où couchait Paumelle depuis que le bateau
de son père était éventré dans un coin du vieux
port et que seul un homme comme Tordu pouvait
y dormir avec les rats.

Paumelle, lui, passait ses nuits dans cette baraque, et le regard de Canut fixait machinalement
un vaste écriteau qui dominait le chantier :

CLOVIS ROBIN.
ENTREPRISE DE MAÇONNERIE
EN TOUS GENRES.

Il aurait pu ne pas y penser, aller tout de suite à
l'*Amiral* pour ne pas rater le moment d'embrasser
Babette. Chez M. Laroche, à Rouen, on parlait
toujours du *Télémaque* et on racontait des histoires
de naufrages. Me Abeille, au foyer du théâtre,
donnait des détails sur la famille Canut et sur la
blessure au poignet qui était à l'origine du présent
drame.

Le commissaire Gentil était allé se coucher à
l'hôtel de *Normandie*, près de la gare.

Alors, Charles Canut, tout seul dans le noir, près
de l'eau bruissante, ramassa soudain, sans le vou-

loir, des éléments épars que personne n'avait songé à rassembler.

Clovis Robin, l'entrepreneur, était le beau-frère d'Émile Février, car c'était sa sœur, Georgette Robin, qui, en Amérique du Sud, où elle était gouvernante dans une famille, avait fait la connaissance de l'ancien bosco.

On savait qu'ils s'étaient séparés, mais rien d'autre, et Georgette Robin n'avait pas reparu au pays.

Or, Paumelle avait la clef du chantier et disposait d'un hangar pour y dormir !

Paumelle était intime avec Emma, qui tenait un café près de la villa des *Mouettes*, et ce café était le seul endroit qui pût rester éclairé à minuit, le seul aussi que Février eût pu fréquenter.

Il n'était pas question de mettre tout cela en ordre d'un seul coup. Mais Canut était fiévreux. Il avait envie de courir. Il marchait beaucoup plus vite que d'habitude et il arriva à l'*Amiral* juste comme Babette accrochait les volets.

Il la saisit par-derrière, la serra contre lui à lui faire mal, colla ses lèvres aux siennes et resta un bon moment les yeux fermés tandis qu'elle se dégageait doucement.

— Qu'est-ce que tu as ?

— Rien… Je crois que j'ai découvert quelque chose…

— Dis-le-moi !

— Je ne peux pas encore… C'est trop vague… Écoute-moi… Ce soir… Est-ce que je peux ?….

C'était son secret, le seul qui ne fût pas partagé avec son frère. Deux fois, deux fois seulement, Babette, à la fermeture, lui avait ouvert la petite porte de derrière. C'était quand tout le monde dormait, et qu'elle était déjà en chemise. Il était monté sans bruit dans sa chambre mansardée, juste au-dessus de la tête de Jules.

— Tu comprends ?... J'essayerai de te raconter... J'ai besoin que tu me dises...

Elle s'assura qu'on ne les écoutait pas. De sa place, elle pouvait voir les quatre joueurs qui achevaient leur partie.

— Tu crois que c'est prudent ? souffla-t-elle.

— Je te jure qu'aujourd'hui c'est très, très important !...

Pas seulement de lui parler ! Pas seulement de lui demander conseil, mais de rester dans cet état fiévreux où sa découverte venait de le mettre.

— Alors, tu n'as qu'à attendre... Mais pas avant une bonne demi-heure... Tu enlèveras tes chaussures.

Jules se levait en soupirant :

— Je n'appelle pas ça du bien jouer. Si je n'avais pas trouvé le roi troisième et la manille de cœur dans la même main...

Une petite pluie fine commençait à tomber.

CHAPITRE VI

Elle n'était restée au lit qu'un quart d'heure à peine et pourtant la chambre était déjà imprégnée d'elle. Il est vrai que la pièce était étroite, juste assez grande pour un lit de fer, une toilette et un portemanteau à trois crochets qui suffisait pour les vêtements de Babette, y compris le linge qu'elle venait de retirer.

Avec un frisson, elle s'était recouchée, couverte jusqu'au menton et ses yeux qui, ce soir, étaient dorés, regardaient la haute silhouette de Charles, dont la tête touchait presque le plafond en pente.

— Tu te couches ? demanda-t-elle dans un chuchotement, car Jules dormait juste au-dessous d'eux.

Il hésita. En pénétrant dans la pièce éclairée, il avait entrevu, en transparence, le corps de Babette sous sa chemise. Maintenant, de sentir l'odeur de son savon, de son linge, il avait envie d'arracher ses vêtements et de pénétrer avec violence dans ce lit trop étroit, trop petit pour lui, comme il l'avait fait deux fois, tandis que Babette le regardait fixement, la première fois surtout.

— Il vaut mieux que je te cause, souffla-t-il, le front soucieux, en s'asseyant doucement au bord du lit pour ne pas le faire craquer.

Babette n'aimait pas l'amour. Elle ne l'aimait pas ou elle ne l'aimait pas encore. Charles ne pouvait pas savoir et il ne s'en préoccupait pas. Lui-même était presque gêné de le faire avec elle et il aurait trouvé assez naturel d'aller trouver une femme comme Emma quand c'était nécessaire.

Il chercha sous la couverture la main de Babette.

— Faut que je t'explique où j'en suis et tout ce que j'ai fait… Peut-être que tu pourras me donner un conseil ?…

La lucarne était toute noire au-dessus de leur tête et on entendait le vent passer dessus.

— On ferait mieux d'éteindre… remarqua Babette.

Il tourna le commutateur de faïence et la lampe, qui n'avait pas d'abat-jour, s'éteignit.

— Viens plus près que je parle bas…

Les cheveux de Babette lui chatouillaient la joue et il sentait des sillons de sueur dans son cou.

— Voilà ! D'abord, j'ai rencontré Paumelle…

Il parlait lentement, en cherchant ses mots, en cherchant surtout à mettre de l'ordre dans ses idées. Il voulait tout raconter, expliquer des choses qui étaient encore vagues dans son esprit.

Il commençait à avoir la fièvre, comme cela lui arrivait si souvent le soir. Ses joues devenaient brûlantes, ses mains moites ; Babette, qui s'en était aperçue, n'osait pas le lui dire. À cause de son poids, il roulait sur elle et elle était si mal à l'aise qu'à un certain moment elle n'écouta plus, ne songeant qu'à délivrer son épaule qu'il meurtrissait.

— Quand j'ai vu qu'il restait si longtemps avec la Flamande, je me suis dit…

C'était la première fois qu'il pouvait parler de ce qu'il avait fait et, de préciser ses allées et venues par des mots, elles en paraissaient plus importantes, presque héroïques.

— Recule un peu, Charles !

— Le plus intéressant, tu comprends, c'est d'avoir appris où il couche, car…

Elle lui pinça la main et il ne comprit pas. Elle fit :

— Chut !…

Et alors tous deux tendirent l'oreille, perçurent le craquement d'une marche d'escalier, comme si quelqu'un montait pas à pas, en tendant lui-même l'oreille.

— C'est Jules ? questionna Canut.

Elle fit un signe de la tête mais, dans l'obscurité, il ne put savoir si c'était un signe affirmatif ou négatif.

— Qui est là, demanda une voix basse sur le palier, juste derrière la porte.

Silence.

— Réponds, Babette ! Qui est chez toi, coureuse ?

— Qu'est-ce que c'est ? murmura-t-elle en imitant quelqu'un qui s'éveille.

Mais la porte n'était pas fermée à clef. Jules l'avait ouverte, allumait la lampe, et Charles

119

n'avait pas le temps de sortir du lit son grand corps tout habillé.

Jules était en chemise de nuit, sur laquelle il avait passé son pantalon. Ses yeux paraissaient plus gros que d'habitude, ses paupières plus gonflées.

— C'était toi ! constata-t-il avec un médiocre étonnement.

Il s'étonnait davantage de le trouver tout habillé, sans désordre dans sa toilette. Si Charles lui avait juré qu'il n'avait jamais touché à Babette, il lui aurait sans doute répondu :

— T'en es bien capable !

En attendant, ils étaient aussi embarrassés l'un que l'autre. Charles s'était levé et cela faisait deux hommes, tous deux de taille respectable, dans cette pièce exiguë où la servante s'était recouchée.

— T'aurais pas dû faire ça chez moi, grommela enfin Jules, plus ennuyé que fâché. Tu devrais comprendre que si je permets des choses pareilles, il n'y a pas de raison pour...

— Nous sommes fiancés ! riposta Charles.

— À plus forte raison !

— Il fallait absolument que je parle à Babette. Vous savez que, de la journée, ce n'est pas possible...

— Qu'est-ce que tu lui racontais ?... Mais ne restons pas ici... Bonsoir, Babette !... Et que je ne t'y reprenne plus, hein !

Il faisait passer Charles devant lui, refermait la porte, éclairait l'escalier. À l'étage au-dessous, sa chambre était ouverte et il hésita à y faire entrer

Canut. Puis il descendit avec lui jusque dans le café où il n'alluma qu'une lampe, ce qui changeait l'aspect et jusqu'aux proportions de la salle.

— Tu comprends que je ne peux pas permettre ces choses-là ! Cela finit toujours par se savoir et les clients n'ont plus de respect…

Le poêle était encore chaud et Jules s'assit tout près. Il ne semblait pas avoir envie de voir Charles partir, peut-être parce qu'il souffrait d'insomnie.

Quant à Canut, il ne savait quelle contenance prendre. Il n'avait rien contre Jules, et cependant il ne se sentait pas de plain-pied avec lui. Cela tenait peut-être à ce que, pour sa tante Louise et pour toute la famille, un bistro était un être à part, intermédiaire entre les honnêtes gens et les autres. Jules, par surcroît, était grossier, exprès, par goût, et Charles avait la grossièreté en horreur.

Enfin, le patron avait cinquante-cinq ou soixante ans et Canut appartenait à une autre génération.

— Assieds-toi un moment… Après tout, je crois que je ne suis pas fâché de te voir…

Des gens reprochaient à Jules d'avoir fait de la prison, mais c'était pour une histoire d'alcools frelatés et ses clients ne jugeaient pas cela infamant.

— Assieds-toi plus près, que j'aie pas besoin de crier… Je devine ce que tu avais à raconter là-haut, à la petite, car j'ai remarqué ton manège pendant toute la soirée…

Bien qu'il fût sur la défensive, Charles sentait qu'il n'en faudrait pas beaucoup pour qu'on lui tirât les vers du nez. Il n'était, devant Jules, qu'un enfant devant le maître d'école, et, quand il se mit à tousser, le bistro lui lança, grognon :

— C'est malin !

— J'ai eu trop chaud…

— En te mettant tout habillé dans le lit, bien sûr ! Approche-toi du poêle, que je te dis… Attends ! Prends la troisième bouteille à droite, sur le second rayon… Apporte des verres…

— Merci, je…

— Tu vas boire un coup et cela te fera du bien…

Il ne le quittait pas des yeux et restait grave, bourru, avec l'air de se demander s'il devait faire certaine chose ou ne pas la faire.

— Paumelle nous a raconté que tu l'avais suivi toute la sainte journée…

— Pas toute la journée, mais tout l'après-midi…

— Tu penses que c'est lui ?

Charles se troubla. Ce n'était pas comme devant le juge. Il était enclin à la confiance, mais il fallait le pousser encore un peu.

— Je n'ai pas dit ça…

— Tu le penses !… Remets la bouteille sur le comptoir. Assieds-toi. J'ai horreur de parler à des gens debout. Évidemment, tu ne crois pas que ton frère ait fait son affaire au vieux…

Pourquoi prononçait-il de tels mots ? Rien que ceux-là : *faire son affaire*, raidissaient Charles par leur crudité, par leur cynique précision.

— Tout le monde pense comme moi ! riposta-t-il.

— C'est possible. Je ne dis pas non. Quoique…

— Quoique quoi ?

— Rien ! Ce n'est pas le moment de discuter…
Alors, tu t'es mis dans la tête que c'était peut-être
le jeune Paumelle, parce que c'est un vaurien…

— Je l'ai trouvé chez la grosse Emma…

— Et après ?

— C'est à côté de la villa…

— Qu'est-ce que ça prouve ?

— L'estaminet devait encore être ouvert à minuit…

Ce détail frappa Jules, qui réfléchit un bon moment. Et Charles se demandait s'il devait lancer
son dernier argument. Mais avant qu'il ait ouvert
la bouche, l'autre poussait un soupir, s'accoudait
au dossier de sa chaise, en homme qui se décide à
parler.

— On ne peut pas savoir comment les choses
tourneront. Ton frère est un bon garçon. C'est
malheureux qu'un homme comme lui soit en
prison, surtout s'il n'a rien fait. N'empêche que tu
as peut-être tort de t'obstiner derrière le petit Paumelle…

Sa façon de prononcer les derniers mots indiquait qu'il ne partageait pas le préjugé de Canut
contre le jeune homme.

— Sûr que c'est un fainéant, mais ce n'est pas sa
faute. Si ton frère et toi n'aviez pas eu votre tante
pour s'occuper de vous…

Est-ce qu'il n'allait pas décourager Canut en lui
prouvant que tous ses soupçons, tout le travail de
la journée étaient vains ? Déjà, Charles s'inquiétait.

— Remarque que je ne le défends pas. S'il a zigouillé Février, c'est tant pis pour lui et il le payera cher, car on le salera plus que n'importe qui...

Les volets étaient fermés et, avec sa seule lampe allumée, le café avait un peu l'aspect de coulisses après le spectacle. Babette, là-haut, devait avoir de la peine à se rendormir et sans doute tendait-elle l'oreille, étonnée de ne pas entendre remonter son patron.

— T'es trop jeune pour être au courant de certaines choses, mais moi je peux te les dire. Tu en feras ce que tu voudras. C'est ton affaire et non la mienne. Tu n'as pas connu Georgette Robin, pas vrai ?

— Non !

— Moi, je l'ai connue alors qu'elle était bonne d'hôtel et que son frère était ouvrier maçon... Écoute bien ceci : c'est sans doute plus important que tu ne penses... Georgette était une belle fille, à mon avis la plus belle fille de Fécamp, et ta Babette, à côté, n'est qu'une pauvre souillon... Te fâche pas !... Tu aurais tort et tu t'en repentirais demain matin... Je dis ce que je dis et je le pense... Couche avec Babette si ça te chante, mais pas dans ma maison... Épouse-la si ça te fait plaisir et on verra plus tard si t'as eu raison... Moi, j'ai voulu épouser Georgette et ça a été moins une que nous nous mariions...

Charles en resta stupide d'étonnement et regarda son compagnon avec des yeux écarquillés. Il s'apercevait une fois de plus qu'il avait vécu jusque-là sans rien savoir de ce qui se passait autour de lui, sans rien essayer de comprendre à l'existence des autres.

N'était-il pas naturel que les hommes de la génération précédente aient eu leurs amours, eux aussi ? Pourquoi Jules n'eût-il pas été amoureux d'une Babette, qui s'appelait Georgette ?

Peut-être même allait-il la retrouver dans sa chambre ? Justement, il le disait :

— Je faisais comme toi... J'enlevais mes chaussures pour monter l'escalier, mais, une fois en haut, j'enlevais autre chose... Je te répète que c'était une autre femme, qui avait du sang dans les veines... J'étais garçon de café, si tu tiens à le savoir... Je travaillais à la buvette de la gare... Un jour, le frère de Georgette a menacé de me casser la gueule si je ne laissais pas sa sœur tranquille et nous nous sommes attrapés au coin de la rue, à coups de poing et à coups de pied, à en saigner tous les deux... Huit jours après, Georgette en a pris un autre... Six mois plus tard, elle partait en Amérique avec une famille qui avait passé ses vacances à Étretat... C'était le temps où ton père devait faire son service...

Charles pressentait des enchaînements extraordinaires et il ne soufflait plus mot, attendant une révélation de la part de son compagnon.

— Il m'est arrivé, à cette époque-là, de servir à boire à Février, qui était plus âgé que moi. Mais je ne me doutais pas qu'un jour, en Amérique du Sud, je ne sais pas où au juste, il épouserait la Georgette et qu'ils vivraient des années ensemble… Tu commences à voir un peu plus loin que le bout de ton nez, fiston ?

Charles aperçut dans l'encadrement de la porte la silhouette effrayée de Babette, qui avait passé son manteau verdâtre sur sa chemise de nuit. Son regard le trahit. Jules se retourna, fit sa grosse voix :

— Veux-tu retourner te coucher, toi ! Nous avons des choses importantes à discuter, nous !

Et il remarqua :

— T'as même pas mis de pantoufles ! C'est malin ! File, ou je me lève et je t'aide à sortir !

Elle disparut, rassurée.

— Ça n'a déjà pas de santé et ça se promène pieds nus en plein hiver… C'est comme toi qui… Enfin !… Qu'est-ce que je te disais ?… Au fait, pourquoi que je te raconte tout ça ?… Tant pis !… Georgette et Février en ont eu assez l'un de l'autre et se sont quittés… Peut-être qu'ils ont divorcé ?… Je n'en sais rien… Seulement, je vais te dire une bonne chose : il y a quinze jours, donc avant le 2 février, quelqu'un a reconnu Georgette au Havre, où elle était avec un homme, peut-être son nouveau mari, peut-être son amant…

Cette fois, Charles resta bouche bée, stupéfait par toutes les possibilités que laissait entrevoir cette révélation.

— Je peux te dire qu'elle y est toujours, en tout cas qu'elle y était hier, car on l'a vue à nouveau, et cette fois son frère était avec elle, dans un café de la place Gambetta…

Il se montrait plus grognon à mesure que ses renseignements étaient plus précieux. Il semblait dire :

— Tu ne mérites pas que je t'en dise autant ! Enfin !... Essaie de tirer ton plan...

Et Charles, de son côté, rattachait déjà ce bout de chaîne à celui qu'il avait reconstitué : l'estaminet d'Emma, près de chez Février, Paumelle qui était un ami de la Flamande et qui couchait dans un hangar de Clovis Robin...

... De Clovis Robin dont la sœur avait été la femme de Février...

Il s'était levé, comme s'il eût été prêt à se précipiter au Havre sans en entendre davantage.

— Qu'est-ce que tu fais ?... Passe-moi la bouteille, tiens !... Ce n'est pas la peine de te recommander de ne pas dire de qui tu tiens ces renseignements, car tu le diras quand même...

— Je vous jure...

— Jure pas !... Bois !... Bois, te dis-je !... Je parie que tu vas prendre le premier train pour Le Havre...

— Mais...

— Et comment feras-tu pour les trouver ?... Hein ?... Réponds !... Tu iras voir dans tous les hôtels ?... Tu crois que les portiers te répondront ?... Et, s'ils te répondent, tu ne sais seulement pas si Georgette, remariée, ne porte pas un autre nom...

— C'est vrai !

127

— Si tu n'étais pas si pressé, je t'aurais déjà appris qu'elle est descendue à l'hôtel des *Deux Couronnes*...

Il rit, comme pour corriger par une grosse ironie ce qu'il venait de faire. Son rire se termina par une grimace, car il était pris d'une de ses crampes qui commençaient au milieu de la poitrine et qui gagnaient jusqu'au bras gauche, l'obligeant à rester un long moment immobile, ni assis, ni debout, courbé en deux. La plupart du temps, quand ça lui arrivait, il se cachait derrière une porte.

— Qu'est-ce que vous avez ?

Il fit signe à Charles de se taire, attendit, sachant d'avance le temps que durerait le spasme, puis enfin il se redressa, sourit vaguement.

— Ça n'a pas d'importance... Voilà !... Tu peux filer !... T'as bien fait de venir coucher avec Babette, car autrement je n'aurais peut-être rien dit...

Il souffla, se secoua, traîna ses pantoufles jusqu'à la porte, dont il tira la barre.

— Qu'est-ce que t'attends ?

— Rien..., je...

Charles était ému. Il aurait voulu remercier Jules et lui dire qu'il avait pitié de lui, à cause de ses crises et de ce que le médecin lui avait dit. Cela le touchait depuis qu'il savait que jadis un Jules qui était garçon de café, allait rejoindre Georgette dans sa chambre...

— Remarque que tout ça ne signifie peut-être rien... Bonne nuit !....

L'haleine humide de la nuit leur parvenait. Charles, pour la première fois, serrait la grosse main molle du bistro. Puis il se mettait à marcher vite, tandis que la porte se refermait derrière lui.

*

On ne le laissait pas seulement penser à son aise ! Il avait essayé d'entrer chez lui sans bruit. Il avait enjambé la marche de l'escalier qui craquait et s'était servi de sa lampe de poche pour ne pas éveiller sa mère par la lumière.

Malgré cela, comme il arrivait sur le palier, la porte de la chambre s'ouvrait. Sa cousine était debout devant lui, les yeux brouillés, les cheveux défaits, vêtue de sa plus vieille robe qu'elle avait mise exprès pour dormir sur le canapé.

Elle referma la porte derrière elle, entra dans la chambre de Charles, souffla :

— Pourquoi rentres-tu si tard ?

Et elle avait l'haleine fade de quelqu'un qui a mal dormi.

— Maman ?

— Elle dort... Elle a eu un peu de fièvre... Elle s'est agitée toute la journée...

Et Berthe se demanda à elle-même, à mi-voix :

— Où l'ai-je mis ?

— Quoi ?

— Le papier... Attends...

Elle le trouva, tout chiffonné, dans son corsage. Berthe était grasse et blanche. Pour le moment, elle avait le visage luisant et ses cheveux tirés en arrière découvraient son front très haut, très bombé. On parlait bas, comme dans la chambre de Babette.

— C'est arrivé ce soir…

C'était un papier officiel, moitié imprimé, moitié manuscrit, qui annonçait à Mme Canut que le juge d'instruction viendrait l'interroger à son domicile le lendemain, à dix heures du matin.

— Qu'est-ce que tu en penses ? questionna Berthe, inquiète. Maman dit que le médecin pourrait délivrer un certificat prouvant que ta mère est malade…

Toujours des complications ! Au moment précis où il aurait besoin de tout son sang-froid et de tout son temps !

— Il y a aussi une lettre du chemin de fer…

Celle-là lui annonçait que son congé était accordé, mais pour quatre jours seulement, à cause de la maladie d'un de ses collègues.

— Mauvaise nouvelle ?

— Non ! Je ne sais pas…

Il était deux heures du matin. Tout dormait dans la ville et ils étaient là à ne savoir que faire, à ne pas oser parler à voix normale, à n'avoir aucune envie de se coucher.

— Où es-tu allé ?

— Ce serait trop long à t'expliquer…

— Ma mère a peur que tu commettes une imprudence. Elle prétend que tu es beaucoup trop nerveux et que tu devrais t'y prendre autrement…

— Comment ? fit-il soudain hargneux.

— Je ne sais pas, moi ! Il y a peut-être des choses que tu devrais dire à la police. Si Pierre n'a pas tué, il faudra bien que...

Il détourna son regard. Il venait de sentir que, dans la famille même, on n'était pas sûr de l'innocence de son frère.

— Eh bien ?

— L'enquête..., balbutia-t-elle en croisant son châle sur sa poitrine.

Il la méprisa. Sa mère aurait voulu lui voir épouser Charles et il savait, lui, que c'était de Pierre qu'elle avait toujours été amoureuse, depuis son enfance. Elle devait prier pour lui à toutes les messes et à tous les saluts ! Elle devait faire des neuvaines à son intention !

— Va dormir...

— Je pourrais peut-être rentrer à la maison ?

— Ce n'est pas la peine que tu sortes à cette heure-ci. Il pleut...

Il voulait qu'elle fût là pour s'occuper de sa mère au besoin, car lui n'en avait pas le courage.

— Tu es étrange, Charles...

— J'ai besoin de réfléchir... Laisse-moi...

Il avait d'abord décidé de partir pour Le Havre par le train de six heures douze. Maintenant, il ne savait plus. Est-ce qu'il devait être présent quand le juge viendrait ?

Il imaginait d'avance la scène chaotique, le juge avec son greffier et sans doute avec Me Abeille qui mettraient le nez dans leurs affaires tandis que sa mère, effrayée, aurait sûrement une crise et que les gens s'attrouperaient dans la rue.

131

Puis il évoquait Pierre dans sa prison et cela lui faisait un mal physique, au point qu'il grimaçait.

— Va te coucher, Berthe ! Je vais me reposer.

Il ne savait plus s'il devait se reposer ou penser. Il ne savait plus qui il était dans cette aventure qui lui découvrait un monde inconnu, encore confus, mais où il pressentait des enchaînements dramatiques.

— Bonsoir, Charles !

Ils s'embrassèrent sur les joues, comme d'habitude. Sans bruit, dans l'obscurité, Berthe regagna son canapé dans la chambre voisine où Mme Canut respirait d'une façon régulière.

— Je ne dirai rien ! décida-t-il en se déshabillant.

Et le fait de se déshabiller lui rappelait la chambre de Babette, lui faisait regretter confusément de n'avoir pas profité de l'occasion. Mais cela le gênait, maintenant, de penser que Jules, lui aussi, allait jadis retrouver une servante d'hôtel... C'était comme si Babette fût devenue plus banale, une servante comme les autres, en somme ! Qui n'avait pas de santé, ajoutait le bistro !

Et Jules n'avait pas épousé Georgette...

Est-ce que, lui aussi... ?

Il ne parvenait pas à s'endormir. Le lit était glacé. Il avait froid aux pieds. Il allait encore tousser toute la nuit.

Évidemment, ce serait plus simple, comme disait sa cousine, de tout expliquer au juge, ou au commissaire qui comprendrait peut-être mieux. Ils se chargeraient de l'enquête au Havre. Qui sait s'ils ne découvriraient pas la vérité ?

Alors, il pensait à Pierre, au Pierre qu'il avait vu, dédaignant de protester, dans le cabinet du juge…

Ce n'était pas possible ! Il n'y avait que lui pour sauver Pierre ! Il fallait le sauver coûte que coûte !

Il se tournait, se retournait, et chaque fois son lit perdait un peu de sa chaleur.

La vérité, c'est qu'on ne l'avait jamais aidé ! C'était comme un sort jeté sur lui ! Les autres, quand ils sont petits, ont une mère et un père qui veillent sur eux, et ils peuvent commettre des imprudences sans que ça tire à conséquence, parce que quelqu'un est là pour les réparer.

Lui, on lui disait quand il n'était encore qu'un enfant :

— Tu dois être un homme, Charles ! Pense que ta maman a besoin de toi…

Car le véritable enfant, c'était sa mère ! Et sa tante Louise ajoutait :

— Tu es plus réfléchi que ton frère. C'est toi qui dois avoir de la raison pour deux…

Il avait suivi ce programme ! Il avait toujours voulu être un homme ! Il n'avait jamais eu douze ans, ni quinze, ni dix-huit, et on pouvait dire que Babette était son premier amour, alors qu'il avait trente-trois ans !

Est-ce qu'une fois enfin il n'y aurait pas quelqu'un pour lui murmurer :

— Repose-toi… Fais ce que tu veux… Je suis là… Je vais m'occuper de tout…

Non ! On l'attendait pour prendre une décision ! On le guettait, en pleine nuit, alors qu'il tombait de fatigue, pour lui remettre un sale papier du juge !

Il y avait peut-être Jules ?... Jules était le premier qui lui eût parlé un peu comme on parle à un enfant, d'une façon bourrue, mais protectrice...

N'empêche que Jules avait conclu :

— Maintenant, tire ton plan ! À toi de te débrouiller !

Il subissait une drôle de lassitude, qui lui faisait mal à l'intérieur des membres, comme à l'intérieur des os, et cependant il ne pouvait pas dormir, il essayait de repousser l'image de Georgette, qu'il n'avait jamais vue, mais qu'il voyait malgré lui comme une Babette plus vieille et plus grasse, quelque chose entre Babette et Emma... Avec elle, il imaginait un homme à forte moustache brune, il ne savait pas pourquoi...

Qu'est-ce qu'ils faisaient au Havre, tous les deux, et pourquoi Clovis Robin, que personne n'aimait à Fécamp, allait-il les y rejoindre ?

S'il disait au commissaire...

À certain moment, il faillit pleurer et c'est alors qu'il s'endormit pour se dresser soudain en entendant une voix qui disait :

— Dépêche-toi, Charles ! L'auto est en bas...

Quelle auto ? Il faisait grand jour. On entendait dans la rue les bruits habituels de la journée. La tante Louise avait mis sa robe de soie noire et portait son médaillon en or au milieu de la poitrine, comme pour une fête ou un mariage.

— Tiens ! Voilà qu'ils sonnent... Je vais ouvrir...

Et elle descendit, tandis qu'il regardait par la fenêtre et qu'il apercevait d'abord Me Abeille, qu'il
détestait, puis le juge Laroche, vêtu d'une gabardine qui lui enlevait de sa solennité.

Il se retourna, car sa porte venait de s'ouvrir à
nouveau et sa mère parut, bien sage, bien calme,
habillée elle aussi comme pour une cérémonie, les
cheveux lissés, avec cette expression de petite fille
triste qu'elle prenait quand elle n'avait pas ses
crises.

— Dépêche-toi, dit-elle, elle aussi. Je suis sûre,
maintenant, qu'ils vont relâcher Pierre ! Mets ton
bon costume. Tante Louise les fait entrer au
salon...

C'est justement quand elle était ainsi qu'elle
était effrayante.

CHAPITRE VII

On aurait pu croire, de loin, à un enterrement. En face de la maison des Canut, deux agents montaient la garde, tandis que journalistes et photographes formaient un groupe bruyant. Les curieux, eux, se tenaient par petits paquets, à certaine distance, comme les gens qui attendent la formation du cortège pour le suivre jusqu'à l'église.

Les pavés étaient mouillés, mais il ne pleuvait pas et un pan de mur coloré par une gigantesque réclame était léché par un rayon de soleil.

Des voisins entraient chez Lachaume, achetaient un petit pain ou une brioche dans l'espoir d'apprendre du nouveau, mais c'était Lachaume qui servait et il était un peu sourd.

— Ne sois pas si nerveux, Charles ! Tu me fais peur...

C'était dans la cuisine, où on n'allait jamais et où il n'y avait pas de feu. Le juge n'avait pas permis à Charles d'entrer dans le salon avec sa mère.

— Je vous verrai à votre tour, lui avait-il déclaré assez sèchement.

Tante Louise avait tenté :

— Il faut que je reste avec elle en cas de…

— Si nous avons besoin de vous, nous vous appellerons.

Charles et sa tante s'étaient réfugiés dans la cuisine. La porte vitrée était voilée d'un rideau de tulle. Ils attendaient de voir, à travers, s'ouvrir la porte du salon.

— Avec tout ça, tu n'as même pas bu ton café !

C'était vrai. Et Charles, d'avoir dormi si tard, n'en était pas plus reposé, au contraire. Assis au bord de la table, il regardait fixement devant lui et la tante soupirait de temps en temps comme lorsque, dans une maison mortuaire, on attend avec résignation les pompes funèbres.

Ce n'était plus leur maison. Ils ne se sentaient plus chez eux. À certain moment, la porte du salon s'ouvrit. Le greffier parut, son stylo à la main, demanda à Charles :

— Vous n'auriez pas une bouteille d'encre ?

Et, pendant ce temps-là, on entendit le murmure de la voix du juge.

— Ce sera encore long ? demanda la tante.

— Je ne pense pas.

Cela dura près de trois quarts d'heure et le soleil eut le temps d'atteindre la vitre qui se trouvait au-dessus de la porte d'entrée et d'éclairer en oblique le mur en faux marbre du corridor.

Enfin, la porte s'ouvrit et, cette fois, le juge se pencha, appela :

— Madame Lachaume !…

— Viens, Louise…, fit la voix de Mme Canut. Dis-leur que je n'ai pas menti, que c'est bien moi qui l'ai tué… Ils ne veulent pas me croire et…

Charles tressaillit. Ces paroles de sa mère, par un curieux hasard, fixaient brusquement les pensées floues qu'il venait de ruminer pendant cette longue attente.

L'instant d'avant, il n'avait rien décidé et voilà qu'il franchissait le corridor, se présentait à la porte du salon. Tante Louise avait pris sa mère par le bras et l'entraînait.

— Dis-leur, toi, Charles !

Dis-leur quoi ? Qu'est-ce qu'elle avait voulu dire ? Sans doute affirmer que c'était elle qui avait tué ? Mais cette phrase prenait aux yeux de Canut une autre signification.

— C'est mon tour ? demanda-t-il avec un regard lourd aux quatre murs de la pièce.

— Entrez !

— Pense à Pierre, Charles !

Il y pensait, oui ! Il faisait deux pas sur le linoléum où Me Abeille avait laissé tomber les cendres de sa cigarette. Le greffier avait enlevé les bibelots qui garnissaient la table pour étaler ses papiers, et M. Laroche, qui avait retiré sa gabardine, était assis juste en dessous du portrait du père.

— Votre mère est souvent comme cela ? demanda-t-il une fois la porte refermée.

On le devinait impressionné par la scène qui venait d'avoir lieu, et Charles regardait autour de lui comme pour chercher un témoignage de ce qui s'était passé.

138

— Au début, elle était assez normale et elle semblait avoir toute sa raison. Ensuite, elle s'est animée. Elle a exigé que nous l'arrêtions, en affirmant que c'était elle qui avait tué Février...

Le juge était moins froid qu'à l'ordinaire. Il observait Canut avec sympathie, comme si le décor l'eût aidé à comprendre son interlocuteur. Il n'en fut que plus étonné d'entendre le jeune homme affirmer :

— Ce n'est pas vrai !

Et, tout de suite après, d'une voix calme, insistante :

— C'est moi qui l'ai tué !

*

Charles s'était approché du greffier et, penché sur son épaule, poursuivait :

— Vous pouvez enregistrer ma déclaration... Je ne voulais pas que cet homme reste à Fécamp car, à cause de lui, les crises de ma mère étaient plus fréquentes et plus graves... Deux fois, je lui ai écrit pour lui demander de quitter la ville et il ne m'a pas répondu... Ce soir-là, j'ai suivi mon frère... Je me doutais que Pierre se laisserait attendrir... Quand je l'ai vu sortir, je suis entré à mon tour...

— Par où ?

— Par la porte.

— Comment l'avez-vous ouverte ?

— J'ai sonné... M. Février est venu ouvrir...

— Pardon ! l'interrompit Me Abeille. À quelle sonnette avez-vous sonné ? Il y en a deux : un timbre que l'on doit tourner et une sonnette à cordon…

— La sonnette à cordon…

— Je suis désolé, reprit l'avocat en réprimant un sourire d'orgueil, mais il n'y a pas de sonnette à cordon !

— Je n'étais pas en état de noter ces détails…

De quoi se mêlait-il encore, celui-là ? Et que se passait-il là-haut, où on entendait des pas dans la chambre de Mme Canut ?

Charles était d'autant plus obstiné que, maintenant, il savait où il allait. Déjà, en se levant, il avait compris qu'il avait entrepris une tâche impossible. Se rendre au Havre, c'était facile. Mais une fois là ? Une fois à l'hôtel des *Deux Couronnes* ? Comment se présenterait-il pour interroger Georgette et son amant ? Pourquoi lui répondrait-on ? Pourquoi quelqu'un s'accuserait-il ?

Tandis qu'en s'accusant, lui ! D'abord, il faudrait bien qu'on relâche Pierre… Puis Charles pourrait prendre un autre avocat, exiger que l'on fasse une enquête dans le sens qu'il indiquerait…

Pourquoi les trois hommes autour de lui, y compris le greffier, qui était plutôt sympathique, le regardaient-ils de cette manière ? Que savaient-ils, eux, qu'il ne savait pas ? Pourquoi le juge se levait-il et, après avoir contemplé un instant le portrait, s'approchait-il de Canut, lentement, lui mettait-il une main sur l'épaule ?

— Quand votre mère, tout à l'heure, s'est accusée, dit-il, je lui ai posé une seule question. Je lui

ai demandé à quel endroit de la pièce était le secrétaire…

Charles gronda, tête basse :

— Qu'a-t-elle répondu ?

— À gauche de la porte…

Et Charles ricana :

— Comment ma mère pourrait-elle savoir,
puisqu'elle n'a jamais pénétré dans la villa ?

— Vous qui y êtes allé, pouvez-vous répondre à
ma question ?

— Le secrétaire était au fond…

— Au fond de quoi ?

— Au fond du salon…

— C'est-à-dire en face de la fenêtre ?

— Oui…

Ils se turent tous les trois et Charles se demandait s'il avait deviné juste ou si, comme sa mère, il
s'était trompé.

— Eh bien ? questionna-t-il avec angoisse.

— Non ! fit le juge.

— Vous prétendez… ?

— Que le secrétaire était et est encore entre les
deux fenêtres… Car il y a deux fenêtres à cette
pièce…

Charles ne bougea plus. Il restait là, comme
écrasé, les épaules courbées. Il ne regardait personne. Il voyait vaguement un coin de la table et
un bout de linoléum. Il entendit, sans d'abord que
le sens de ces paroles l'atteignît…

— Qu'a donc votre frère, pour que tout le
monde le défende avec autant d'acharnement ?

Un silence. Et soudain Charles comprit. La phrase continuait à résonner à ses oreilles :

— Qu'a donc votre frère, pour que tout le monde le défende avec autant d'acharnement ?

Il les regarda tous les trois, mais c'est à peine s'il les voyait encore. Ce qu'il venait de comprendre, ce n'était pas la minute présente, ni les événements du matin. C'était quelque chose de beaucoup plus vaste, de si vaste qu'il n'aurait pas pu l'exprimer.

Il entendait encore la voix de sa tante Louise, jadis, quand il n'était qu'un petit bonhomme.

— Surtout, veille sur ton frère !

Et Berthe, qui se serait résignée à l'épouser, lui, Charles, mais qui était amoureuse de Pierre !...

Pourquoi, quand ils étaient ensemble quelque part, les gens disaient-ils en regardant Pierre :

— Quel bel enfant !

Oui, pourquoi, puisqu'ils se ressemblaient autant que des jumeaux peuvent se ressembler ?

Et pourquoi lui n'avait-il vécu, en somme, que de la vie de Pierre, des succès de Pierre ?

N'avait-il pas cru sentir, certaines fois, que Babette avait des regards furtifs vers son frère ?

Jules ne lui avait-il pas déclaré, la veille au soir :

— Ce que j'en fais, c'est pour Pierre !

Pour Pierre !... Il ne comprenait pas encore tout, mais c'était déjà comme une clarté diffuse.

Il s'assit et se prit le front dans les mains, sans s'occuper des trois autres.

— Écoutez-moi, Canut...

Il fit signe qu'on pouvait parler, qu'il écoutait, mais c'était d'une oreille distraite.

142

— M. Pissart vient d'adresser au procureur de la République une longue lettre signée d'un grand nombre de pêcheurs et de marins...

C'était dans l'ordre ! M. Pissart aussi ! Charles n'était pas jaloux de son frère ! Au contraire ! Il était jaloux des autres, qui pouvaient faire quelque chose pour Pierre !

— Bien que le dossier soit suffisant pour envoyer quelqu'un devant les Assises, je veux continuer l'enquête autant que cela paraîtra utile...

Il retint sa respiration pour ne pas parler. Il avait été sur le point de lancer :

— Alors, interrogez Paumelle, puis Georgette et son amant, puis Emma...

Il hésitait. Il se débattait contre lui-même. S'il disait cela, il n'aurait plus rien à faire, lui ! Et ce seraient les autres, sans doute, qui sauveraient son frère.

— Le commissaire Gentil reste à Fécamp avec un inspecteur. Au cas où vous auriez un renseignement à lui communiquer, je vous demande de le faire...

— Je peux voir Pierre ?

— Pas en ce moment. Je suis désolé, mais je ne puis permettre cette entrevue dans l'état actuel de l'instruction...

Ce n'était déjà plus le même homme que dans son cabinet de Rouen. Mais Charles n'y était pour rien. C'était plutôt l'atmosphère de la maison qui avait agi, des choses simples et éloquentes comme cet agrandissement photographique d'un marin qui ressemblait aux deux fils, ce piano dans un coin, cette table de chêne sculpté...

— Si vous n'avez rien à nous dire...

Il fit non de la tête, sans les regarder. Il se sentait coupable et en même temps il frémissait d'un espoir. C'était lui qui allait travailler à sauver son frère ! C'était lui et lui seul qui aboutirait...

Le greffier classait ses papiers dans sa serviette. Le juge endossait sa gabardine. Me Abeille murmurait doucement :

— Vous avez tort de ne pas avoir confiance en moi. Mais si ! Je l'ai senti dès le premier jour...

Allons ! C'était fini ! Ils s'en allaient ! Ils regagnaient leur voiture et, au milieu du trottoir, les journalistes les entouraient.

C'était fini, et la maison ressemblait à la maison mortuaire quand le corps est parti. Le salon n'avait jamais été si vide, le corridor si nu et si sonore.

— Tu montes, Charles ? cria la tante, du premier.

— Oui... Tout de suite...

Il n'avait rien à faire là-haut. Ce n'était pas sa mère qui comptait. Peu importait qu'elle eût une crise de plus ou de moins.

Ce qui comptait, c'était Pierre !

Seul dans le salon, Charles leva la tête vers le portrait du père et il fut frappé par l'expression de celui-ci. Ce n'était pas à Pierre qu'il ressemblait, bien qu'ils fussent tous deux marins. C'était à lui, Charles. Au point que celui-ci pensa que, si son père avait vécu, il aurait sans doute souffert de la poitrine, lui aussi.

144

Ce ne sont pas des choses qui s'expliquent, mais, en regardant la photographie, on sentait que c'était celle d'une victime.

Pourquoi ?

Peut-être aussi quand, jadis, les gens regardaient les deux enfants, ne s'occupaient-ils pas de Charles parce qu'ils devinaient que celui-ci ne comptait pas, qu'il n'était là que pour étayer l'autre !

— Tu ne montes pas ?

— Mais oui, je viens ! riposta-t-il avec une pointe de lassitude.

Et, d'un geste machinal, il ouvrit le piano dont ses doigts n'avaient plus touché l'ivoire depuis des années. Il haussa les épaules. Pourquoi avait-il eu l'idée saugrenue d'apprendre le piano ?

Comme s'il pouvait faire quelque chose pour lui seul, avoir une vie à lui ! La preuve du contraire, c'est que cela avait raté, qu'il avait vite été rebuté par les difficultés de la musique !

Et pourquoi n'avait-il pas épousé Babette plus tôt ? Ce n'était pas à cause de sa mère. Les gens le croyaient. Babette aussi. Mais ce n'était pas vrai ! C'était à cause de Pierre !...

Toujours Pierre !

Son père était mort, sa mère vivait dans ses rêves incohérents et lui ne ferait sans doute pas de vieux os. Mais qu'importait, puisqu'il y avait Pierre !

Pierre qui vivait pleinement, Pierre qui était beau, qui était fort, Pierre qui souriait, serein, en regardant l'horizon et qui n'avait qu'à se montrer pour inspirer confiance, pour être aimé !

Charles montait l'escalier pas à pas. La porte, devant lui, était entrouverte.

— Qu'est-ce qu'ils t'ont dit ? questionna sa mère, que tante Louise avait couchée.

— On le sauvera, maman. Ne crains rien...

Elle le regardait et il aurait juré qu'il y avait une ombre de reproche dans ses yeux. Oui, sa mère lui reprochait d'être là, inutile, en liberté, alors que Pierre était en prison !

Il se hâta d'ajouter :

— J'ai fait comme toi... J'ai prétendu que c'était moi qui...

— Eh bien ?

Il ne s'était pas trompé. Elle aurait accepté la substitution !

— Je n'ai pas pu dire où était le secrétaire...

— Tu crois que tu arriveras à quelque chose ? questionna la tante, qui mettait de l'ordre dans la chambre et qui profitait d'un rayon de soleil pour ouvrir la fenêtre.

— Je pars tout à l'heure pour Le Havre...

*

Un fait était certain : quelqu'un avait égorgé Février, s'était emparé de ses titres et de son argent, puis avait quitté la villa dans la nuit.

Ce quelqu'un était quelque part. Ce quelqu'un lisait les journaux, savait que Canut était en prison à sa place et que l'enquête continuait.

Savait-il aussi que Charles marchait dans les rues du Havre qu'un rayon de soleil animait ? Savait-il qu'il pénétrait à l'hôtel des *Deux Couronnes*, gauchement, car c'était un hôtel assez confortable, avec un hall d'entrée à trois marches de marbre, et qu'il demandait le prix des chambres ?

— Avec bain ou sans bain ? lui demanda-t-on.

Sans bain, bien sûr ! Il aurait bien voulu lire le registre qui se trouvait sur le bureau d'acajou, mais il n'osait encore rien demander.

— Vous avez d'autres bagages ?

— Non… Je ne crois pas rester longtemps…

Il n'avait qu'une petite mallette avec du linge et des objets de toilette. Il suivit, dans une chambre qui donnait sur la place, un domestique en gilet rayé, et, une fois la porte refermée, ne sut plus que faire.

C'était toujours ainsi. Il s'élançait, plein de bonne volonté. Mais après ? Des gens parlaient dans la chambre voisine, un couple qui semblait se disputer, et il imagina que c'était le couple qu'il cherchait, puis il haussa les épaules.

— Pardon, Madame… Je voudrais vous demander un renseignement.

La caissière l'écoutait, encadrée de deux palmiers rigides.

— J'ai rendez-vous avec des amis qui sont descendus ici et que je n'ai pas vus depuis longtemps, un monsieur et une dame… La dame s'appelle Georgette…

— Une grosse, très brune ?

— Oui… Peut-être…

— Vous voulez parler de Mme Ferrand ?

— Oui ! Quelqu'un est venu la voir, de Fécamp...

— Son frère, c'est exact... Je ne sais pas s'il n'est pas ici pour le moment...

— Ils sont dans l'hôtel ?

— Non, ils sont sortis. Ils restent rarement dans leur chambre pendant la journée, mais cela m'étonnerait que vous ne les trouviez pas à la *Taverne Royale*... C'est là que je dois les prévenir si on téléphonait...

La *Taverne Royale*, comme l'hôtel des *Deux Couronnes*, n'était pas le genre d'établissement que Charles avait l'habitude de fréquenter, mais il s'y installa néanmoins, près de la fenêtre, sur la banquette, et commanda de la bière.

À cette heure-là, il se sentait complètement vide et, si on lui avait demandé brusquement ce qu'il faisait au Havre, il aurait eu quelque peine à répondre.

Ce qu'il faisait ? Il venait épier des gens qu'il ne connaissait pas et, pour parler crûment, il venait avec l'espoir de prouver que ces gens-là avaient tué le vieux Février d'un coup de couteau à la gorge !

C'étaient là des pensées qu'il était encore possible d'entretenir dans la demi-lumière du café de l'*Amiral* ou dans l'atmosphère équivoque de l'estaminet d'Emma. Au Havre et, par surcroît, un jour de soleil, de tels projets devenaient saugrenus.

L'hôtel des *Deux Couronnes* était un bon hôtel, clair et confortable, avec des tapis dans les couloirs, l'eau courante partout, des lits en cuivre. La

Taverne Royale était gaie, bien éclairée, et il y avait une estrade pour un orchestre qui s'installerait sans doute sur le coup de cinq heures.

Comment supposer... Et voilà que Charles rougissait en s'apercevant qu'il n'avait pas retenu le nom que la caissière avait prononcé... Est-ce qu'il oserait le lui redemander ?

Voyons... C'était un nom de ville... Châlons ?... Non !... Un nom de ville importante... Et qui finissait en *an*... Draguignan ?... Grignand ?... Non plus... Mais cela y ressemblait... Et il y avait un F... Cela lui faisait penser à la montagne...

C'était idiot de n'avoir pas noté le nom tout de suite et, pendant dix bonnes minutes, Charles s'obstina, puis n'y pensa plus, parce qu'il regardait des gens qui entraient. Soudain, il prononça à mi-voix :

— Ferrand !

Il en était sûr ! La ville à laquelle il avait pensé, c'était Clermont-Ferrand.

Un couple s'était assis en face de lui et il s'était dit machinalement :

— Dire que cela pourrait être eux...

Mais il ne le pensait pas. La femme était très grosse, âgée de cinquante ans au moins, maquillée, vêtue avec le souci de paraître jeune. L'homme, près d'elle, paraissait terne et pâle ; un monsieur de trente-cinq ans à quarante ans que tout ennuyait, y compris la question du garçon lui demandant ce qu'il désirait boire.

— Et toi ? fit-il en se tournant vers sa compagne.

Elle commanda du café et il chercha ce qu'il pourrait boire, aperçut la bière de Canut, faillit se décider, commanda de l'eau minérale.

Pourquoi pas eux ? En tout cas, ils n'avaient pas particulièrement l'air de gens qui ont un crime sur la conscience. Ils s'ennuyaient. Ils ne se parlaient pas, et l'homme prit un journal qui traînait, le parcourut sans conviction, cependant que sa compagne regardait les gens défiler dans la rue.

Une fois servi, le couple échangea quelques mots, que Charles ne pouvait entendre, puis l'homme posa une question au garçon qui alla se renseigner à la caisse et revint avec une réponse négative.

— Ils ont demandé si on n'a pas téléphoné, se dit Canut.

Il avait l'habitude de rester assis des heures dans un café, à cause de Babette. Les deux autres devaient en avoir l'habitude aussi, car ils ne s'énervaient pas, ne faisaient rien, regardaient devant eux avec des yeux vides.

Des musiciens s'installèrent sur l'estrade et jouèrent une valse d'opérette tandis que, peu à peu, les tables se garnissaient et que la rue devenait plus bruyante.

Si cette femme était Georgette... Charles essayait de l'imaginer côte à côte avec Jules... Car ils avaient failli se marier tous les deux... Ils étaient presque du même âge...

Un jour, plus tard, Babette...

Il avait le tort de toujours chercher des complications. C'était un sourd besoin de se morfondre, et Pierre lui avait dit souvent :

— Tu es trop compliqué !

Babette pouvait fort bien devenir grosse. Quand elle aurait cet âge-là, Charles, lui, serait mort depuis longtemps… Pas Pierre ! Pierre vivrait vieux ! Ce serait un de ces hommes à cheveux blancs à qui tout le monde demande conseil…

Il tressaillit. La porte s'était ouverte. Un homme s'avançait vers la table du couple et Charles reconnaissait Clovis Robin, qui portait des caoutchoucs sur ses souliers, comme à Fécamp, et une casquette de navigateur.

Robin serra la main de la femme, puis celle de l'homme, s'assit en face d'eux, sur une chaise, si bien qu'il tournait le dos à Canut. Quand le garçon vint, il retira son pardessus avec un soupir de satisfaction, car il était gras et sanguin, et c'est à ce moment, alors qu'il était debout, que son regard fixa une image dans la glace et qu'il resta comme en suspens, les sourcils froncés.

Il avait reconnu Charles. Il le regardait toujours, dans le miroir, avec l'air de se demander ce qu'il pouvait bien faire là. Et, un moment, Charles eut une petite peur physique, car l'entrepreneur était deux fois plus fort que lui et ses sourcils très épais lui donnaient un aspect féroce.

Mais non ! L'autre s'asseyait. Il parlait à ses compagnons, en se penchant, comme on le fait dans un café où il y a beaucoup de monde et où la musique empêche qu'on s'entende.

Est-ce que Charles était avancé, maintenant ? Que pouvait-il faire ? Clovis Robin venait au Havre voir sa sœur et le mari ou l'amant de celle-ci. Et après ? N'était-ce pas son droit ? Ne pouvaient-ils pas se rencontrer dans un café et bavarder de leurs affaires ?

Robin avait reconnu Charles et n'avait manifesté aucune terreur. Rien qu'un peu de surprise, comme lorsque, dans une ville étrangère, on se trouve nez à nez avec quelqu'un qu'on croyait ailleurs.

Il ne lui avait pas dit bonjour parce que, s'ils se connaissaient de vue, ils ne s'étaient jamais parlé.

Alors ?

Georgette riait ! On ne pouvait pas savoir de quoi, mais elle riait. Son mari, lui, souriait, car il n'avait pas une tête à rire franchement. Mais ni l'un ni l'autre n'avait regardé dans la direction de Charles, comme ils l'auraient sûrement fait si l'entrepreneur avait parlé de lui.

— Garçon !... Un picon-grenadine...

Cinquante personnes parlaient à la fois, la musique jouait, les soucoupes et les verres s'entrechoquaient et trois personnes étaient assises autour d'une table, deux sur la banquette, une sur une chaise, de l'autre côté.

C'était tout ! C'était pour aboutir à cela que Charles s'était tant torturé ! C'était pour cela que Jules et lui, la nuit, dans la salle mal éclairée de l'*Amiral*, avaient pris des airs de conspirateurs.

Canut avait presque envie de s'en aller et de rentrer à Fécamp. Est-ce que Robin n'allait pas savoir qu'il était descendu au même hôtel que sa sœur ? Or, il n'ignorait pas que les Canut ne fréquentaient pas des établissements de ce genre. Il soupçonnerait quelque chose...

— On demande M. Ferrand au téléphone...

M. Ferrand se leva, comme n'importe qui se serait levé à sa place, et non comme un assassin qui attend une nouvelle importante. Il se leva et se faufila entre les tables pour entrer, près de la caisse, dans une jolie cabine téléphonique en acajou verni.

Le frère et la sœur n'en profitèrent pas pour chuchoter des secrets, et, à vrai dire, ils ne parlèrent pas. Ils attendirent, tranquillement, comme on attend un compagnon un moment éloigné pour continuer une conversation commencée.

C'était atroce de simplicité, de naturel... Certes, à Fécamp, on n'aimait pas Robin, mais c'est parce qu'il avait la réputation d'être dur avec ses ouvriers et retors avec ses clients. En somme, c'était le vrai type de l'entrepreneur en maçonnerie, sans plus.

Quant au couple... Est-ce qu'on n'en voit pas souvent de pareils dans les cafés, la femme franchement sur le retour, avec un peu trop de fards et de bijoux, l'homme encore jeune, effacé, sorte de gigolo résigné ?

Quand Ferrand revint du téléphone, il avait le même visage qu'en y allant et, en quelques mots, il mit les autres au courant de la communication.

Robin détourna un peu la tête pour regarder Canut, et c'est alors seulement qu'il dut expliquer à ses compagnons :

— C'est un garçon de Fécamp, le frère du Canut qui est en prison…

Cette fois, Georgette l'examina avec intérêt et Ferrand lui accorda un coup d'œil. Exactement la dose d'attention qu'on accorde au frère de quelqu'un dont parlent les journaux.

Un vendeur proposait de table en table les éditions du soir. Charles prit une feuille et vit en première page la photographie de sa maison, avec le juge et l'avocat sur le trottoir, au milieu des journalistes.

MME CANUT ET SON FILS CHARLES
SE SONT TOUR À TOUR ACCUSÉS
DU CRIME.

Ainsi, des choses aussi intimes, qui avaient eu pour cadre le petit salon familial, étaient révélées à des milliers et des milliers d'indifférents ! On donnait des détails, y compris celui du secrétaire que ni sa mère ni lui n'avaient été capables de situer !

Charles tourna la page pour lire la dernière heure et reçut un choc :

Coup de théâtre dans l'affaire Février.
On retrouve le testament de la victime.
Février lègue sa fortune à Mme Canut.

154

Charles faillit se lever pour marcher de long en large. Puis il regarda la table des trois autres, où le même journal était posé, pas encore ouvert.

On se souvient que, dans la nuit du 2 au 3, l'assassin de M. Février a emporté une liasse de titres, ainsi qu'une certaine somme en numéraire qui se trouvaient dans le secrétaire de la victime.

Le fait qu'au cours de la descente du Parquet le testament n'a pas été découvert laissait supposer que cette pièce importante avait été volée par le meurtrier.

Or, cet après-midi, un coup de théâtre s'est produit à Rouen, où le juge d'instruction Laroche, de retour de Fécamp, a trouvé dans son courrier une enveloppe qui contenait le fameux testament.

Celui-ci n'était accompagné d'aucune lettre d'envoi et l'adresse était composée de mots découpés dans un journal.

On ne peut pas encore se prononcer sur l'authenticité du document par lequel Émile Février lègue tout ce qu'il possède à Mme Canut et précise qu'en cas de refus, par celle-ci, de cette donation, l'argent devrait aller à une œuvre de gens de mer.

Il est difficile de prévoir les répercussions de cette découverte sur l'enquête en cours. Nous nous sommes présentés à tout hasard au domicile des Canut, à Fécamp. Nous avons appris que Mme Canut, alitée, ne connaissait pas la nouvelle. On nous a affirmé, d'autre part, que Charles Canut, frère de Pierre, était parti ce matin pour une destination inconnue.

En face, Robin maniait un siphon, coupait avec les dents le bout d'un cigare et cherchait son briquet dans les poches de son gilet. À d'autres tables, dix personnes pour le moins lisaient les mêmes informations et l'orchestre jouait *Le Beau Danube bleu*.

CHAPITRE VIII

— Qui est-ce ?... répéta-t-elle deux ou trois fois.

Et sa voix, qu'elle haussait d'un ton pour parler au téléphone, devenait vulgaire, presque hargneuse.

— Qui ?... Je n'entends pas !... Allô !... Oui, c'est moi... C'est toi ?... Attends que j'aille fermer la porte.

Le téléphone était au mur, dans le court espace séparant le café de la cuisine et la salle était pleine de clients bruyants.

— Voilà !... dit-elle en revenant et en tirant sur son tablier qui lui serrait la taille. Où es-tu ?... Toujours au Havre ?... Tu ne vas pas revenir ?... Je ne sais pas ce qu'il y a, mais je ne comprends pas ce que tu dis... Tu dois parler trop près de l'appareil...

Elle guettait la porte qui allait s'ouvrir d'un moment à l'autre, car elle avait au moins dix clients à servir et Jules n'était pas dans ses bons jours.

— Écoute, Charles... Tu me raconteras tout cela quand tu viendras... Moi aussi, il y a des choses qu'il faut que je te dise... D'abord, le *Cen-*

157

taure est rentré… Les hommes sont furieux, car ils n'ont fait que huit cents barils, alors que le *Saint-Michel* en a près de deux mille…

Charles voulait parler tout le temps et sa voix, encore plus déformée que celle de Babette, avait des sonorités de clairon.

— Attends… Je ne peux pas crier trop fort… Essaie de comprendre…

Babette épiait toujours la porte et prononçait très vite :

— Il y a une heure, j'ai entendu dire que Paumelle était parti… Oui… Mais oui !… Parti pour toujours, paraît-il… C'est tout… Quand est-ce que tu reviens ?… Si tu as un train ?… Oui… Oui, on sera ouvert tard, à cause du *Centaure* et du *Saint-Michel*… Oui…

Elle raccrocha, soulagée, car elle ne téléphonait qu'avec répugnance. Elle arrangea un peu son tablier, entra dans la salle, prit le plateau qu'elle avait préparé tout à l'heure et souffla, en passant près de Jules, qui commençait une partie de cartes :

— C'est Charles…

— Tu lui as dit ?

Elle n'osa pas mentir.

— Alors ?

— Je crois qu'il va revenir. Seulement, il n'a plus de train à La Bréauté…

Elle n'avait dit que peu de chose :

— Paumelle est parti pour toujours…

C'était assez pour que, là-bas, Charles reprenne sa place avec un air bouleversé. Les autres étaient toujours là, où il les avait laissés, dans un coin du salon, sous une vaste lithographie encadrée de noir représentant la bataille d'Austerlitz. Ils étaient serrés autour du guéridon aux magazines et Clovis Robin, assis sur le canapé, penché en avant, les mains jointes sur les genoux, parlait à mi-voix, avec autorité, en épiant Charles qui rentrait.

Depuis l'après-midi, la position de Canut était devenue de plus en plus difficile et maintenant elle était tout à fait intolérable. Pourtant, qu'aurait-il pu faire d'autre que ce qu'il avait fait ?

Peu après qu'il eut fini de lire son journal, à la *Taverne Royale*, tandis que sur la table des autres la feuille restait pliée, Robin avait eu un geste machinal, ce qui lui avait découvert le titre de la première page.

Il avait commencé à lire sans fièvre, en donnant de temps en temps les nouvelles à sa sœur et à son compagnon. Puis il avait tourné la page et alors, du coup, son expression avait changé. Il avait tout lu, à mi-voix, puis il avait lancé un regard curieux à Canut, comme pour demander ce que cela signifiait.

Il était si nerveux qu'il s'était levé, puis assis. Enfin, après peut-être dix minutes d'entretien, il s'était dirigé vers la cabine téléphonique, tandis que Georgette examinait curieusement Charles.

Par quel hasard, à ce moment, uniquement par contenance, avait-il payé sa consommation ? Sans cela, les choses n'auraient pas pu se passer de la même manière, car les autres avaient payé au moment où on les servait. Or, Robin arrivait en trombe de la cabine, entraînait sans perdre une seconde sa sœur et Ferrand dehors.

Charles suivit. Il ne réfléchit pas ; il suivit. L'hôtel des *Deux Couronnes* n'était pas loin et c'est là qu'allaient les trois personnages. Mais tandis que Robin et sa sœur restaient dans le hall, Georgette prenait l'ascenseur pour monter dans sa chambre.

Robin avait vu Charles, qui était resté sur le trottoir. Il avait haussé les épaules, comme un homme qui a bien d'autres soucis et qui méprise un sot adversaire.

Les minutes devaient compter, car Georgette redescendait déjà avec une serviette de cuir jaune et le groupe sortait à nouveau, marchait vite dans la direction d'un quartier calme, bourgeois, situé à quelques minutes de là, où Robin souleva le marteau de cuivre d'une porte cochère.

Cette fois encore, Charles avait suivi, entraîné par son besoin de savoir, et il restait là, stupide, à subir le regard rageur et méprisant tout ensemble de Robin. Puis il restait seul, car la porte se refermait et il pouvait lire enfin sur une plaque de cuivre :

MAÎTRE JOLINON.
AVOUÉ.

La rue était peu éclairée. En l'espace d'une heure, Charles n'aperçut pas trois passants, tandis qu'à cinq ou six cents mètres on entendait le vacarme de la ville.

Malgré l'attente, il restait sur les nerfs. Il avait eu soudain la sensation qu'il agissait et maintenant il ne voulait plus perdre son élan. Tant pis si Robin l'attaquait ! Tant pis s'il recevait un mauvais coup ! À ce moment-là, il aurait juré qu'il était sur la bonne piste et qu'il allait découvrir toute la vérité.

Pourquoi, s'il n'y avait rien de louche, le groupe des trois avait-il été aussi ému en lisant le journal ? Pourquoi ces allées et venues précipitées, et que contenait la serviette de Georgette ?

La porte s'ouvrit. Des gens, debout, échangèrent encore quelques mots. Puis les trois, avec moins d'impatience, suivirent le trottoir, non sans se retourner parfois sur Charles qui les suivait à cinquante mètres.

Que ferait-il si, par exemple, ils s'embarquaient ? Oserait-il alerter la police pour les empêcher de quitter la France ?

Et s'ils prenaient un train ? Combien avait-il d'argent sur lui ? Quatre cents francs au plus, ce qui ne lui permettrait pas d'aller loin…

Et si…

Une rue éclairée puis, presque tout de suite, l'hôtel qu'il reconnut et où il entra à la suite du groupe. Georgette parlait à la caissière. Robin regarda Charles dans les yeux et, une fois de plus, haussa les épaules.

L'instant d'après, une porte s'ouvrait, découvrant une salle à manger toute blanche, où dix tables étaient dressées pour le dîner, mais où il n'y avait qu'un vieux monsieur décoré de la Légion d'honneur.

Tant pis ! Charles n'était pas très bien habillé pour manger dans un pareil endroit, et le vide l'impressionnait autant que le maître d'hôtel. Il s'assit gauchement dans un coin, répondit oui à une question qu'on lui posa et qu'il n'entendit pas, si bien qu'on lui servit le menu à trente-cinq francs.

Comme on avait posé une demi-bouteille de bordeaux sur sa table, il la vida, machinalement, tandis qu'à l'autre table on parlait à voix basse. Robin, qui lui faisait face, avait de temps en temps l'air de lui dire :

— Tu peux rester là, va ! Tu perds ton temps...

Et Charles, à ces moments-là, se sentait moins sûr de lui.

— Je vous sers le café au salon ?

Il dit encore oui, car il avait vu les autres se lever et passer dans la pièce voisine, un salon aussi vide et aussi discret que la salle à manger, où le vieux monsieur lisait une revue à couverture saumon.

C'est un peu plus tard que Canut avait éprouvé le besoin de téléphoner à Babette, sans raison précise, mais avec l'arrière-pensée de lui dire où il était pour le cas où il lui arriverait malheur.

Il n'avait pas eu le temps de parler de cela. Elle ne comprenait rien. C'était elle qui avait parlé tout le temps et maintenant il se rasseyait, désemparé, ne sachant que faire.

Il tressaillit et ressentit violemment cette peur physique dont il avait honte quand Robin, se levant soudain, fit vers lui quelques pas décidés. Ce

162

fut si fort qu'il leva un coude, comme pour se protéger le visage.

— Vous voulez venir un instant ?

Heureusement que le vieux monsieur était toujours là ! On n'oserait rien lui faire en sa présence ! Il marcha, comme dans un rêve, sans savoir où il posait ses pieds. Il vit de tout près le regard curieux de Georgette, le visage mal portant de Ferrand, qui fumait un cigare trop grand pour lui.

— Vous pouvez vous asseoir… Vous connaissez ma sœur ?…

Il fit signe que oui, ou que non, il ne le sut pas au juste. Il dut balbutier quelque chose comme :

— Enchanté…

— M. Ferrand, un ami…

Et Robin but une gorgée de calvados, demanda :

— Qu'est-ce que vous buvez ?

— Rien… Je ne bois pas d'alcool…

— Naturellement !

Pourquoi naturellement ? Qu'est-ce que cette remarque venait faire ? Est-ce que Robin ne cherchait pas, simplement, à gagner du temps ? Qui sait s'il n'était pas aussi embarrassé que son interlocuteur ?

— Vous avez lu le journal, bien entendu ! Vous êtes donc au courant de cette histoire de testament…

— J'ai lu, oui…

— Vous n'en saviez rien auparavant ?

— Je jure que non !

— Je n'ai pas besoin que vous juriez. Ce n'est pas moi qui suis juge d'instruction. Je ne sais pas

163

non plus quel rôle vous jouez dans cette affaire. Mais, puisque vous êtes ici, j'ai cru plus simple de vous prévenir de certaines choses…

Il coupa le bout d'un cigare et l'alluma lentement.

— Vous avez cru bon de nous suivre et vous savez, par conséquent, que nous sommes allés voir l'avoué de ma sœur et lui porter certains documents…

Ferrand se contentait de hocher la tête en signe d'approbation tandis que Georgette, curieuse des hommes, regardait avidement celui-là, qui était peut-être un frère d'assassin.

Et Charles, qui sentait ce regard profond, en était gêné comme d'une incongruité ou d'une invite.

— On a arrêté votre frère et ce n'est pas à moi à dire si on a tort ou raison. Je ne le connais pas. Je ne veux rien savoir de vos histoires de famille.

À mesure qu'il parlait, Robin devenait moins terrible, un peu à la façon de Jules, dont il avait les manières bourrues. Charles remarqua sans le vouloir sa manie de balancer le corps de droite à gauche et de gauche à droite, puis de fermer à demi les yeux à cause de la fumée de son cigare.

— Je suppose que ce n'est pas par hasard que vous êtes descendu aux *Deux Couronnes*. Ce n'est pas par hasard non plus que vous m'avez suivi, et tout à l'heure, au café, j'ai balancé à vous donner une paire de gifles pour vous apprendre à vous mêler de vos affaires…

Le vieux monsieur avait dû flairer quelque chose, car on ne l'entendait plus tourner les pages de sa revue.

— Qu'est-ce que vous savez de cette histoire ?

— Mais...

— Je vous demande ce que vous savez, rien d'autre ! On a dû vous parler de ma sœur, hein ? Je parie qu'on vous a dit qu'elle était au Havre et qu'elle était allée voir Février...

— Je ne sais pas...

— Eh bien, vous allez savoir ! Elle est venue au Havre, voilà déjà quinze jours, parce que je l'ai fait venir d'Alfortville, où elle habite depuis des années. Si je vous dis tout cela, ne croyez surtout pas que c'est parce que j'ai peur de vous ! Je veux seulement éviter que nous perdions notre temps l'un et l'autre...

Charles était mal assis, sur une chaise Louis-XV à dossier sculpté. Georgette le regardait toujours, tirait une cigarette d'un étui et fumait en mettant du rouge sur le papier.

— Demain, on en parlera de toute façon dans les journaux, car ce que je vais vous dire je le répéterai au juge. Ma sœur et Février se sont connus en Amérique du Sud et se sont mariés à Guayaquil. Ma sœur n'a pas tardé à s'apercevoir que son mari était..., comment dirais-je ?... un peu comme votre mère, si vous voulez... Ce n'est pas la peine de vous vexer ! Il avait ses bons moments puis, pendant dix ou quinze jours, il n'adressait plus la parole à personne. Ma sœur, alors, a voulu revenir en France et elle a demandé à Février de divorcer.

Il lui a répondu que ce n'était pas la peine, vu que le mariage équatorien n'était pas valable en France… Vous me suivez ?

Oui, Charles suivait, mais lentement, car ces phrases se traduisaient pour lui en images, comme lorsque Jules avait parlé de la Georgette qu'il avait connue et qu'il voyait comme une autre Babette.

Il ne comprenait pas qu'on pût parler aussi tranquillement des événements et des êtres, des êtres vivants dont, morceau par morceau, on découvrait le destin.

Ainsi Georgette…, la chambre de bonne…, puis la famille sud-américaine et ce mariage avec Février qui avait ses crises, comme sa mère…

C'était une femme déjà grosse, déjà vieille, couverte de bijoux vrais ou faux, qui revenait en France et s'installait dans la banlieue de Paris avec Ferrand…

— Il y a deux mois, poursuivait Robin que ces évocations n'émouvaient pas, Georgette a voulu régulariser sa situation avec son ami, qui gagne bien sa vie dans les assurances…

C'est tout juste si Ferrand, flatté, ne saluait pas ! Les trois personnages, à ce moment, ressemblaient à un portrait de famille, avec des visages et des attitudes figés comme pour l'éternité.

— À Alfortville, ils ont appris qu'à cause de nouvelles lois le mariage avec Émile Février était encore valable. Georgette ne savait pas que son ancien mari était revenu s'installer à Fécamp, où il avait hérité une maison et un peu de bien. Elle m'a écrit à ce sujet, et c'est moi qui lui ai annoncé que son mari habitait les *Mouettes*. Elle m'a demandé d'aller le voir pour éviter le voyage et il a refusé de me recevoir. Il était comme ça, à moitié fou… Il est vrai que ce ne doit pas être drôle de penser qu'on a mangé de l'homme !…

Charles eut un haut-le-cœur et l'autre haussa les épaules.

— Je vous demande pardon… Je ne pensais plus… D'ailleurs, tout cela est si vieux !… Il y en a un autre, de vieux, qui nous écoute et qui ferait mieux de lire son livre… Tant pis !… Vous devez comprendre que, si le mariage était encore valable, ma sœur était de moitié dans l'héritage que Février avait fait… Ce n'est pas que la villa vaille lourd, mais elle est bien située et il y avait, en outre, des titres, pour cinquante mille francs au moins… Voilà ce que j'ai écrit à Georgette… Je lui ai re-commandé de se dépêcher de faire valoir ses droits, car j'avais entendu des bruits… Vous savez ce que je veux dire… À cause de votre mère – ceci ne me regarde pas – Février voulait quitter le pays… Un marchand de biens est venu me trouver pour m'annoncer que la villa était à vendre à l'amiable…

Une heure plus tôt, Charles vivait dans une at-mosphère de crime et allait de l'avant avec une sorte d'héroïsme. Maintenant, on était redescendu sur terre ; on parlait maison, partage et gros sous.

— Voilà pourquoi Georgette est venue au Havre avec son ami. Parce que je le lui ai conseillé. Ce n'était pas la peine de se montrer à Fécamp, ce qui aurait compliqué les choses. Un jour, je suis venu la chercher avec ma voiture et je l'ai conduite à la villa, en passant par-derrière le port. Février a refusé de la recevoir, comme il avait refusé de me voir. Il ne restait qu'à prendre un bon avoué et j'ai choisi Me Jolinon, bien qu'il soit cher... C'est alors, avant que la procédure ait été engagée, que quelqu'un a tué Février... Remarquez que je n'accuse personne... Je dis que quelqu'un a tué Février et a emporté tout ce qu'il y avait à emporter dans la maison... On a arrêté votre frère et c'est l'affaire de la justice... Seulement, à présent, voilà qu'il y a, paraît-il, un testament, un testament qui laisse la villa et l'argent à votre mère... J'aime mieux vous dire que l'avoué est catégorique et que ce testament est sans valeur aucune étant donné qu'il dispose d'un bien qui appartient en partie à l'épouse Février, et que l'épouse Février c'est ma sœur... Voilà !

Il ralluma le cigare qui s'était éteint, regarda son interlocuteur d'une façon telle qu'on pouvait traduire :

— Vous êtes bien attrapé, maintenant !

Charles n'était pas attrapé, vu qu'il n'avait jamais compté sur la fortune de Février. Il était ahuri, écrasé. Tout était à recommencer ! Tout ce qu'il avait pensé, patiemment édifié, était par terre, et il ne savait plus où poser le regard.

C'était si flagrant que Georgette ne put s'empêcher de sourire et dut détourner la tête. Mais Robin, lui, continuait à épier son interlocuteur, comme un paysan, dans une foire, observe son

accomplice

compère dans l'attente d'une seconde de flottement.

Ferrand éprouva le besoin de déclarer :

— Il est évident que si Février avait accepté le
divorce, il ne serait pas question de procès. Mais
du moment qu'il nous a acculés à une situation
irrégulière, il n'y a pas de raison pour que nous
n'en profitions pas… *divers*

Oui ! Évidemment ! Tout cela paraissait lo-
gique. Charles, qui rougissait au moindre men-
songe, n'imaginait pas que les autres pussent
mentir et il acceptait pour argent comptant ce
qu'on venait de lui dire.

Il s'était trompé, voilà tout. Robin était capable
de défendre ses sous et ceux de sa sœur, mais
Canut se rendait compte qu'il n'avait pas égorgé le
vieux avec un couteau.

Georgette non plus ! Ni ce Ferrand, qui ne lui
inspirait pas confiance…

— Je vous demande pardon…, balbutia-t-il sans
penser.

De quoi ? De les avoir soupçonnés ? De s'être
accroché à leurs pas ? Il n'en savait rien, mais il se
sentait coupable envers eux.

— Je suis sûr, se hâta-t-il d'ajouter, que ma
mère n'aurait pas accepté l'héritage.

— Je l'espère pour elle ! riposta Georgette,
dont ce fut la seule méchanceté.

Ils étaient là comme devant un mur. Que pouvaient-ils encore faire ? Que pouvaient-ils dire,
Robin suçait son cigare par contenance. Le vieux

monsieur feignait de lire et tournait exprès les pages avec bruit.

— Garçon ! Donnez-moi encore un calvados...

— Je vais retourner à Fécamp, déclara simplement Charles.

Et il se leva.

— Vous avez encore un train ? lui demanda l'entrepreneur.

— Je ne sais pas... Quelle heure est-il ?

— Onze heures et demie... Vous avez le rapide jusqu'à La Bréauté... Mais après ?...

— Je trouverai peut-être une voiture...

Georgette regarda son frère. Celui-ci, comme il le faisait sans cesse, haussa les épaules.

— J'ai mon auto, dit-il enfin. Si vous voulez, je vous emmène... Allez seulement m'attendre dans le hall, car il faut que nous causions encore un moment...

— Mais...

— Puisque je vous dis que je vous emmène ! Vous avez peur ?

— Non...

Pourquoi se laissait-il toujours impressionner par des gens comme Robin et comme Jules, qui valaient moins que lui ? Pourquoi n'osait-il pas leur répondre ? Il disait toujours oui. Il balbutiait. Il sortait à reculons et il s'excusait auprès de la caissière de ne pas dormir là, demandait sa note comme si, en la lui remettant, on lui eût rendu service.

Pour le moment, il n'avait aucune pensée, mais une sensation d'effondrement. Rien ne s'était passé comme il l'avait prévu. Toutes ces histoires d'Amérique du Sud et d'Alfortville bousculaient les idées simplistes qu'il s'était faites de la vie.

Dire qu'il n'était allé qu'une seule fois à Paris, pendant vingt-quatre heures ! Et qu'il était encore gêné par le souvenir du regard de Georgette !

Il alla s'asseoir sur une chaise de rotin, demanda s'il pouvait aller chercher sa valise et s'excusa de déranger le garçon d'ascenseur.

Quand il redescendit, ses trois compagnons étaient dans le hall. Robin avait passé son gros pardessus noir, posé sa casquette sur sa tête.

— Vous y êtes ?

Georgette lui demandait :

— Vous croyez vraiment que ce n'est pas votre frère ?

Il fut incapable de se souvenir, par la suite, de la réponse qu'il fit. Toujours est-il qu'il avait serré la main tendue, puis celle de Ferrand. Puis ils avaient marché, avec Robin qui faisait de grands pas. Ils avaient gagné un garage bon marché, près de la Bourse de Commerce, où l'entrepreneur avait pris sa voiture.

— Installez-vous… Il faut que je prenne de l'essence.

Au Havre, il y avait encore des cafés ouverts, des endroits d'où sortait de la musique, des rues entières animées comme en plein jour.

Ils quittèrent la ville, prirent le vent du large qui les entoura d'un vacarme continu tandis que des nuages de deux tons, partie clairs, partie gris cendre, passaient très vite devant la lune.

Robin sentait l'alcool, fumait toujours son cigare et regardait devant lui avec l'air de ne pas penser. Après des kilomètres, pourtant, il grommela :

— Si on nous voyait, on se demanderait pourquoi je vous ai embarqué dans ma voiture...

Un temps...

— Ce qui prouve, du moins, que je n'ai rien à me reprocher !...

Charles fixait obstinément le cercle lumineux que les phares dessinaient sur la route et il tressaillit en reconnaissant les premières maisons de Fécamp.

— Je vous dépose chez vous ?

— Non... Je...

— Je comprends... Eh bien, descendez où vous voudrez... Moi, je vais me coucher... Demain, j'ai une adjudication et il faut en plus que j'aille à Rouen voir le juge...

Canut n'osa pas lui parler de Paumelle qui avait disparu et qui, jusque-là, avait vécu dans une baraque appartenant à l'entrepreneur. Il murmura :

— Ici...

Et il descendit près de l'écluse, à quelques mètres du café de l'*Amiral*, tandis que l'autre se contentait de grogner sans lâcher son volant :

— Salut !...

C'en était déjà fini de cette visite au Havre dont Charles avait tant espéré. Sa valise le gênait, mais il entra à l'*Amiral* où il y avait de la lumière, chercha Babette des yeux, ne la vit pas, s'adressa à Jules :

— Elle n'est pas ici ?

— Elle est allée tirer du cidre à la cave... Et toi ?...

Un matelot du *Centaure*, qui habitait Benouville et qui n'avait pas le temps de rentrer chez lui, dormait sur une banquette, tout habillé, comme il le faisait chaque fois que le bateau ne restait qu'une nuit au port. À part lui, il n'y avait là que le commissaire, assis en face de Jules. Celui-ci fit signe à Canut de s'approcher.

— Comment es-tu revenu ? Je suppose que je n'ai pas besoin de te présenter le commissaire ?...

Que signifiait son clin d'œil ? Qu'il n'y avait pas à se méfier de lui ? Ou bien, au contraire, qu'il ne fallait pas en dire trop ?

— Nous parlions justement de toi... Je prétendais que tu ne reviendrais pas ce soir, vu qu'il n'y a pas de moyen de transport à partir de La Bréauté... Qui est-ce qui t'a amené ?...

— Robin, avoua-t-il d'une voix honteuse.

Babette rentrait avec un broc de cidre et tressaillit en le voyant.

— Qu'est-ce que tu bois ? poursuivait Jules. Babette ! Sers-lui un petit fil... Mais si !... Quand tu es arrivé, nous nous demandions ce que Georgette dirait en apprenant l'histoire du testament...

Le commissaire était placide. Jules aussi. Ils paraissaient les meilleurs amis du monde. Pourquoi Jules avait-il tout raconté à la police ?

— Tu sais que Paumelle a filé ?

— Babette me l'a appris au téléphone...

— Il est probable qu'il n'ira pas loin, affirma le commissaire qui n'avait pas encore desserré les dents. Son signalement a été lancé partout…

— Tu as lu le journal, évidemment ? reprit Jules avec un nouveau clin d'œil.

— Oui…

Est-ce qu'il devait dire oui ? Est-ce qu'il devait dire non ? Il était embarrassé et il interrogeait des yeux Babette qui se tenait accoudée au comptoir, comme elle le faisait quand il n'y avait personne à servir, ni de verres à laver. Mais Babette se contentait de le regarder d'un air neutre.

— Il y a une chose certaine : c'est qu'on a retrouvé ici, sous la banquette, un morceau de journal où des mots ont été découpés pour composer l'adresse…

— C'était facile de trouver les mots ! intervint M. Gentil. Dans tous les journaux on parlait de M. Laroche, juge d'instruction à Rouen. Il n'y avait qu'à découper cette partie-là et à la coller sur une enveloppe…

— Dis donc, Charles !

— Quoi ?

— Sais-tu ce que le commissaire me disait ? Qu'il était persuadé, maintenant, que Paumelle est coupable…

Pourquoi prononçait-il ces paroles avec l'air de plaisanter ? Avait-il bu un coup de trop ? C'était à croire, car il n'y avait aucune raison de faire de l'ironie sur un pareil sujet.

— Moi, je lui ai affirmé que Paumelle, tout voyou qu'il est, est incapable d'une chose pareille !... Il ne veut pas me croire. Qu'est-ce que tu en dis, toi ?...

— Je ne sais pas...

— Tu as raison, va ! Ne révèle pas encore ce qu'il y a dans ton sac ! Ça encore, je l'ai dit tout à l'heure... Pas vrai, commissaire ?... Est-ce que je ne vous ai pas dit que l'assassin, ce n'est pas vous qui le trouveriez, mais Charles Canut ?... Vous verrez que ce sera comme cela... Remets la tournée, Babette !...

Il y avait de la sciure de bois par terre et le café sentait le poisson et la saumure, comme chaque fois que des bateaux étaient rentrés au port.

— T'as vu Georgette ?... Elle est encore jolie !... Je parierais qu'elle est devenue énorme...

— Elle est assez grosse...

— Et l'autre, son gigolo ?... Un beau garçon ?...

À ce moment seulement. Canut crut comprendre la raison de l'attitude de Jules. Il était encore jaloux de Georgette ! Il ricanait ! Il avait bu trois verres de fil, alors qu'il savait que cela l'empêcherait de dormir !

— C'est une femme qui, à soixante-dix ans, aura encore besoin d'hommes ! Je la connais mieux que n'importe qui ! Et je suis sûr que ses yeux, eux, n'ont pas changé...

Il ajouta :

— Qu'on lui montre seulement un gars comme ton frère et elle sera toute retournée...

Le commissaire frappa la table d'une pièce de monnaie. Babette accourut.

— Qu'est-ce que je vous dois ?

— Rien ! C'est ma tournée ! riposta Jules. À propos… Elle ne t'a pas dit si elle allait venir à Fécamp ?

— Je ne sais pas…

— Tu n'aurais pas pu le lui demander ?

— Elle est venue une fois, dans l'auto de Robin… Il paraît que son mari n'a pas voulu la recevoir…

— Et elle n'est pas seulement venue me dire bonjour ! railla encore le bistro. Allons, mes enfants, on va se coucher ? Demain est encore un jour… Vous verrez ce que je vous ai dit, Commissaire… Ce n'est pas vous qui mettrez la main sur l'assassin : c'est Canut…

Charles faillit oublier sa valise. Jules dut le rappeler. Il ne put pas non plus embrasser Babette, car M. Gentil sortait avec lui en fumant une dernière cigarette dont le vent fit jaillir des étincelles.

— Vous avez vu mon frère ? demanda Charles, une fois dehors.

— Je l'ai vu ce matin.

— Comment est-il ?

— Il ne veut pas parler. Je ne sais pas s'il écoute ce que nous disons, car il nous regarde comme si nous n'existions pas… Il refuse de recevoir son avocat et il a annoncé qu'il lui casserait la figure si on l'introduisait dans sa cellule…

Ils avaient fait quelques pas. Ils atteignaient le coin de la rue d'Étretat et devaient se séparer.

— Vous avez vraiment trouvé quelque chose ? risqua enfin le commissaire.

Et Charles, qui ignorait ce que Jules avait voulu dire, se contenta de répondre :

— Peut-être... Je ne sais pas encore au juste...

— Vous n'aurez qu'à me faire signe...

— Je vous remercie...

— Bonne nuit...

Ils se serrèrent la main et Charles reprit sa route, avec sa valise, en cherchant la clef de la maison dans sa poche.

CHAPITRE IX

Un billet, de l'écriture de sa cousine, était épinglé à la porte de sa chambre : *Ta mère est chez nous. Il y a une tarte aux pommes dans le buffet.*

Il mangea la tarte, parce qu'il était entendu depuis des années et des années qu'il était gourmand de tarte aux pommes. Peut-être, une fois enfant, en avait-il mangé plus que de raison ? Depuis lors, quand il restait une tarte aux pommes, chez Lachaume, on décidait :

— Il faut la garder pour Charles !

Peu importe. Il dormit. Il s'éveilla et fut surpris de trouver encore une fois du soleil. Pourquoi était-ce exactement le même que le jour de la première communion de Berthe ? Il n'aurait pu le dire, mais c'était le même et l'air avait le même goût.

Il s'habilla, poussa la porte de la pâtisserie et déclencha la sonnerie. Puis, presque aussitôt, il fut installé avec les autres autour de la table ronde de l'arrière-boutique. Le soleil ne venait pas jusque-là, mais on avait laissé la porte ouverte et il baignait les laques blanches du magasin. La cafetière était énorme, en émail bleu, un éclat que Charles avait toujours connu à la naissance du bec. Comme d'habitude, des claies encombraient les chaises et les fauteuils et l'oncle lisait le journal en mangeant.

— Il m'a tout expliqué en détail, racontait Charles, qui évoquait son voyage au Havre et son entretien avec Clovis Robin.

— Celui-là, si tu l'écoutes... Nous le connaissons, va !... Cela m'étonnerait s'il ne nous devait pas encore de l'argent...

Mme Canut était dans ses bons jours, dolente mais calme, avec son air de résignation qui lui donnait une apparence si fragile. Peut-être à cause du soleil, ou parce qu'on était là autour de la table comme si rien n'était, il y avait de la détente dans l'air.

— Qu'est-ce que tu penses de la question du testament, toi ? ne tarda pas à interroger tante Louise.

— Je pense, répliqua Charles, que c'est Paumelle qui l'a jeté à la poste.

— Ce n'est pas ce que je veux dire. Crois-tu que ta mère doive accepter le legs ?

— Louise ! protesta Mme Canut.

— Je sais bien ce que tu vas me dire. Mais, dans ces affaires-là, il vaut mieux réfléchir deux fois qu'une. Tes enfants peuvent tomber malades ou en chômage. Il peut leur arriver un accident. Qu'est-ce que tu ferais, alors ?

— J'entrerais à l'hospice.

C'était tellement le ton des conversations d'*avant* les événements que Charles regardait autour de lui avec étonnement, comme s'il se réveillait d'un cauchemar. Gens et choses étaient à leur place ; le soleil aussi. Pourquoi, tout à l'heure, Pierre n'entrerait-il pas, poussant la porte d'un coup brusque, avec ses bottes, son ciré, lançant tout de suite un chiffre, celui des barils de harengs pêchés ?

— Tu sais bien, Laurence, que nous ne te laisserons jamais aller à l'hospice. Néanmoins il peut nous arriver quelque chose, à nous aussi…

Car tante Louise pensait toujours à « quelque chose » qui pourrait arriver et ce n'était jamais quelque chose de gai, ni d'heureux, mais invariablement des catastrophes.

— Moi, je trouve que si cet homme a écrit ce testament, c'est qu'il a eu des remords. Il a tenu à se racheter. C'est autant pour tes fils que pour toi qu'il l'a fait. Qui sait si ce n'est pas pour que Dieu lui pardonne ? Dans ce cas…

— Louise ! supplia Mme Canut.

— De toute façon, répliqua Charles, la question ne se pose pas. Février avait une femme légitime et c'est elle qui réclame l'héritage…

— Encore faut-il savoir si elle y a droit ? riposta M. Lachaume.

Mais lui, c'était comme s'il ne disait rien. On ne l'écoutait pas car on avait décidé qu'en dehors de son fournil il était incapable de quoi que ce fût. C'était un brave homme, un bon pâtissier, mais il n'avait pas d'instruction et on le faisait taire dès qu'il ouvrait la bouche.

— Pourquoi ne relâchent-ils pas Pierre tout de suite ? fit Mme Canut en regardant dehors.

C'était le soleil, sans doute, le soleil dont Pierre était privé dans sa prison, qui la faisait penser à lui.

— Du moment que Paumelle est en fuite…

On la vit tressaillir, se lever. Puis on vit ce qu'elle avait vu : un homme qui ouvrait la porte du magasin et qui s'avançait avec quelque embarras. Cet homme, c'était M. Pissart, qui toussait pour attirer l'attention.

Mme Lachaume se précipita, en soufflant à sa fille :

— Enlève vite la vieille cafetière…

Car on la gardait ; on refusait de la remplacer en jurant qu'elle était meilleure que n'importe quelle autre, mais on en avait honte.

— Entrez, monsieur Pissart !… Excusez-nous… Nous étions encore à table et il y a du désordre… Dans le commerce, vous savez…

— Charles est ici ?

— Il est ici… Donnez-vous seulement la peine d'entrer…

Lachaume, en tenue de travail, avait disparu, et Berthe avait trouvé le temps d'enlever son tablier.

— Madame…, fit l'armateur en s'inclinant, Mademoiselle… Excusez-moi de vous déranger de bonne heure, mais j'aurais voulu dire quelques mots à Charles…

— Nous pouvons vous laisser…

— Mais non ! Mais non ! Il n'y a aucun secret. Le *Centaure* devrait repartir ce matin. Or, les hommes, qui avaient déjà fait des difficultés la dernière fois, refusent d'embarquer…

— Il paraît qu'ils n'ont ramené que huit cents barils ? risqua Charles.

— Je ne dis pas que la pêche ait été bonne, mais ce n'est pas une raison pour qu'on désarme… Vous savez comment ils sont… Avec votre frère, il n'y a jamais un mot… C'est pour ça que je suis venu vous demander si vous ne pourriez pas les décider…

— Mais si ! Mais si ! affirma la tante Louise. Vous prendrez bien une tasse de café, monsieur Pissart ?

— Merci… Je sors de table…

— Je vous accompagne, décida Charles avec, malgré tout, un petit frisson d'orgueil.

Pourtant, ce n'était pas à lui, Charles Canut, qu'on avait recours, mais au frère de Pierre ! Dans la rue, ils marchaient tous les deux, l'armateur et lui, et des gens se retournaient.

— Il y en a qui parlent d'aller manifester devant la mairie en réclamant votre frère… Comme je leur ai dit : le maire n'y peut rien !… Il faut que l'enquête suive son cours… Si seulement on pouvait mettre la main sur ce Paumelle !…

— Vous croyez que c'est lui qui a tué ? demanda Charles.

— Et vous ? Tout le monde le prétend, en tout cas…

Quelques pas encore et d'un seul coup ils découvraient le port avec ses taches vertes, bleues et rouges qui éclataient dans le soleil. Le bleu des vêtements des pêcheurs devenait somptueux. On voyait les hommes, en sabots, les mains dans les poches, former de petits groupes au bord du bassin, près des bittes d'amarrage. Non loin de la porte de l'écluse, ils étaient plus nombreux sur le seuil du café de l'*Amiral*.

— Je vous laisse leur parler… Expliquez-leur que, lorsqu'ils reviendront, votre frère aura été relâché, que vous avez des nouvelles…, que… que ce n'est plus qu'une question de formalités… En somme, c'est la vérité, n'est-ce pas ?

Charles lui lança un regard de travers, mais n'osa pas protester. M. Pissart n'était pas un homme comme les autres : c'était l'Armateur.

Et les deux hommes franchirent la porte de l'écluse, s'avancèrent vers le groupe le plus compact, où Charles reconnaissait la plupart des matelots de son frère.

— Demandez-le-lui à lui… disait M. Pissart. Qu'est-ce que nous disions il y a un moment, Charles ?

Charles était gêné. Cette cordialité, cette familiarité du patron lui donnait des remords. Il cherchait Babette des yeux, mais elle ne paraissait pas sur le seuil. Par contre Jules était là, debout, son pantalon descendant sur le ventre, à l'observer de loin.

— Mon frère ne restera plus longtemps en prison…, récita-t-il.

— T'as des nouvelles ? lui demanda un vieux qui l'avait pour ainsi dire vu naître.

Il hésita. Il n'osait pas dire oui. Et il ne voulait pas dire non devant M. Pissart.

— Du moment qu'on a reconnu que ce n'est pas lui l'assassin…

— Quand est-ce qu'on le relâchera ?

On voyait, sur le pont du *Centaure*, dont une partie de la coque venait d'être passée au minium, par plaques, le capitaine qu'on avait fait venir de Boulogne et qui n'était pas fier. Il attendait, résigné, le résultat des palabres.

— Je suis sûr que Pierre serait fâché s'il savait que le bateau est en chômage… Il le serait encore plus si, en sortant de prison, il le trouvait désarmé…

M. Pissart l'approuvait, bien sûr. Mais Jules n'avait-il pas un drôle de sourire, ou était-ce l'effet d'une tache de soleil sur son visage ?

Babette vint le voir, de loin.

— Pourquoi est-ce qu'on n'a pas arrêté Paumelle tout de suite ? Est-ce que des fois ce ne serait pas exprès qu'on lui a donné le temps de filer ?

— Je ne peux pas vous répondre… je ne suis pas le juge d'instruction…

Ils le regardaient d'ailleurs avec une certaine méfiance, bien qu'il ait commencé par être marin comme eux.

— Des fois qu'ils relâcheraient Canut tout à l'heure et que nous soyons justement partis…

— Même relâché, il lui faudra quelques jours avant de pouvoir reprendre la mer…

184

M. Pissart lui fit signe de continuer, mais il ne trouvait rien à ajouter et il fit un pas en arrière, laissant aux hommes le temps de se concerter. C'était un spectacle courant. Certains avaient leurs provisions sous le bras. D'autres, ceux de Fécamp, étaient accompagnés de leur femme portant un bébé.

Charles profita de ce qu'un groupe le séparait de l'armateur pour se détacher du lot et s'avancer jusqu'à l'*Amiral*.

— Il est allé te chercher ? fit Jules avec un regard amusé.

— Oui… Il est venu comme je cassais la croûte…

— T'as pas osé refuser, évidemment !

— Qu'est-ce que j'aurais fait ?

— C'est ce que je dis…

Charles n'aimait pas l'ironie, parce qu'il ne la comprenait pas. Déjà tout à l'heure, de loin, il avait été frappé du sourire de Jules et maintenant l'attitude de celui-ci lui était encore plus désagréable.

— Tu ne vas pas dire bonjour à Babette ?

Qu'est-ce qui pouvait amuser le bistro dans cette histoire ? Bien sûr que Canut allait dire bonjour à Babette ! Et celle-ci le questionnait aussi !

— Ils vont partir ?

— Je ne sais pas…

— Il est allé te chercher ?

On ne lui en voulait peut-être pas. Mais on ne le félicitait pas davantage. On semblait l'accuser d'on ne sait quelle lâcheté et, comme il y avait un fond de vérité, Charles était de plus en plus maussade.

— Il ne t'a rien dit, hier au soir, le commissaire ?

— Non…

— Il est resté ici presque toute la journée… Des fois, je me suis demandé s'il ne soupçonnait pas Jules…

Elle avait dit ça sans penser plus loin et voilà que Charles tressaillait, frappé par cette idée. Il n'y aurait pas pensé de lui-même, certes. Mais maintenant qu'on lui en parlait, il se demandait pourquoi il n'avait jamais été à son aise devant le patron du bistro.

Pourquoi Jules l'avait-il envoyé au Havre ? Pourquoi, la nuit encore, avait-il paru si sûr que Charles découvrirait l'assassin ? Pourquoi affirmait-il avec tant de force que Paumelle n'avait pas tué Février ?

Canut était dans le café, avec Babette. Jules était sur le seuil et on le voyait de dos, faisant écran au soleil.

— Je crois qu'ils partent ! annonça-t-il en se retournant. M. Pissart doit te chercher…

— Il n'a qu'à venir me trouver ici !

Et Charles s'assit, exprès, pour montrer qu'il n'était pas à la disposition de l'armateur.

— Donne-moi un café, Babette…

Et Jules, debout devant lui, questionnait :

— Alors ?

— Alors quoi ?

— T'as trouvé quelque chose ?

— Pas depuis cette nuit, ajouta-t-il avec humeur.

186

— Le commissaire ne t'a rien dit ?

— Qu'est-ce qu'il aurait pu me dire ?

— Est-ce que je sais, moi ?

Et Charles était sûr que Jules, à cet instant, devinait sa mauvaise humeur, ses soupçons, mais qu'il jouait avec lui comme un chat avec une souris.

— Tiens ! Le voici qui t'appelle…

Du seuil, en effet, M. Pissart faisait signe à Charles, car il ne mettait jamais les pieds au café. Canut se leva malgré lui avec trop d'empressement.

Dehors, ils firent quelques pas vers le bord du quai.

— Je vous remercie… Ils sont décidés à partir, à condition que je double la prime si on ne dépasse pas mille barils…

Ce n'était pas seulement pour lui annoncer cela, ni pour le remercier qu'il l'avait appelé. Il y avait autre chose et Charles attendit.

— À ce qu'on m'a dit, vous faites une sorte d'enquête personnelle…

— J'essaie de découvrir quelque chose, murmura-t-il.

— Évidemment !… Seulement, vous n'avez peut-être pas à votre disposition tous les moyens désirables, ni l'expérience de ces sortes de recherches…

De loin, tout en parlant, il surveillait les mouvements des hommes sur le pont du *Centaure*.

— Je voulais vous dire ceci : vous savez quel intérêt je porte à votre frère. Il a toujours été à mon service et c'est chez moi qu'il est devenu capitaine.

Si vous jugiez bon de faire venir quelqu'un de Paris ou d'ailleurs, un bon détective, c'est moi qui me chargerais des frais. Rien ne vous empêcherait de l'aider...

Pourquoi cette proposition faisait-elle à Canut une impression désagréable ? Il se taisait, regardait par terre.

— Pensez-y à votre aise... Quand vous aurez pris une décision, venez me voir au bureau...

Il tendit la main à Charles, la serra avec quelque insistance, comme pour sceller un pacte.

— Dites-vous bien que je ferai pour votre frère tout ce qui sera en mon pouvoir...

C'était une de ces matinées qui font sortir tout le monde des maisons. Le vent était à l'est et les petites barques de pêche qui n'avaient pas quitté le port depuis des semaines s'élançaient vers la passe.

Dans le bassin, à bord des morutiers, des équipes s'agitaient, des charpentiers, des voiliers, des calfats, mettant tout en état pour la prochaine campagne. Et des gens peignaient avec amour des petits canots renversés sur le quai. Des pêcheurs à la ligne se tenaient immobiles sur le musoir, les jambes pendantes au-dessus de l'eau.

De loin, par-delà les bassins, Charles pouvait apercevoir les quelques maisons dont la seconde était celle de la vieille Tatine et de sa sœur et dont une autre, plus loin, était l'estaminet d'Emma.

À gauche, enfin, cachée par un tertre, il y avait la villa des *Mouettes*, dont on ne voyait que le toit plus rouge que les autres.

Charles n'aurait pas pu dire ce qui se passait en lui, autour de lui. Les premiers jours, il avait semblé que tout était bouleversé par l'arrestation de Pierre. Or, maintenant, c'était comme de l'eau qu'on a remuée en y jetant des cailloux et qui, après quelques ondulations, se referme et reprend son immobilité.

Il ne retrouvait plus l'atmosphère de drame, d'angoisse. Il était là comme au milieu d'une boîte vide. Il voyait le *Centaure* appareiller et il n'avait pas un pincement au cœur en pensant que ce n'était pas son frère qui commandait.

Effet de la lassitude ? Il se souvenait d'avoir été choqué, lors des enterrements, de voir qu'au retour du cimetière les gens les plus éplorés mangeaient comme d'habitude, davantage même, sous prétexte de se remonter.

Or, la veille au soir, il avait mangé toute la tarte, machinalement, et ce matin encore il avait trop déjeuné, en parlant du drame comme si celui-ci fût déjà entré dans le domaine des choses habituelles, familières.

Pourtant, personne ne pouvait aimer Pierre comme lui. C'était impossible ! Ils étaient nés ensemble, d'une même chair, et depuis lors Charles n'avait vécu qu'en fonction de Pierre, au point qu'au début il avait honte de sa bonne amie !

N'était-ce pas M. Pissart qui avait raison ? On ferait venir quelqu'un de Paris, à ses frais, quelqu'un d'habitué aux criminels. Il n'aurait pas les gaucheries de Charles, ni ses naïvetés et il saurait, par exemple, obliger la vieille Tatine à parler.

189

Car, tout en marchant le long du quai, c'était la maison des deux vieilles filles qu'il lorgnait de loin, avec une sorte de convoitise. Tatine devait savoir bien des choses. Peut-être — et Charles en avait l'impression — savait-elle tout ?

Il soupira, plus désorienté que jamais. Il essayait de retrouver son enthousiasme, sa volonté, que le soleil semblait diluer.

— Vous prenez le frais ? lui demanda une voix qui le fit tressaillir.

C'était le commissaire, qui avait mal dormi, car sa mine n'était pas fameuse.

— Je me promène, oui…

— Je me demande où a bien pu filer ce Paumelle… J'ai encore téléphoné ce matin à la Sûreté, à Paris, et on n'a pas de nouvelles… Pourtant, toutes les gares sont surveillées depuis le début, les ports aussi…

Canut se trompait-il ? Il lui semblait retrouver chez son interlocuteur un écho de sa lassitude.

— Enfin !… soupira le commissaire. Il ne faut pas se laisser décourager… Tout à l'heure, le juge va interroger à nouveau la femme de ménage de la victime…

— Il va venir ?

— Non… Il l'a convoquée à Rouen…

N'était-ce pas curieux que le juge et lui aient eu la même idée, presque au même moment ?

— Je vous laisse… N'oubliez pas que je suis à votre disposition pour le cas…

Et il se dirigea une fois de plus vers le café de l'*Amiral*, si bien que Charles pensa qu'il soupçonnait peut-être Jules.

Canut se remit en marche. Quand il arriva au bout du bassin, il aperçut Tatine, en grande tenue, comme pour un mariage ou une communion, qui courait vers la gare.

Alors, coup sur coup, des idées folles lui passèrent par la tête, qu'il rejeta les unes après les autres.

Par exemple, il y avait des chances pour que la sœur de Tatine fasse de la couture chez des clients, comme cela lui arrivait trois ou quatre jours par semaine. Dans ce cas, la maison était vide. En supposant qu'il y pénètre... Qui sait ce qu'il découvrirait ?

Il y pensait cinq minutes, envisageait d'entrer par-derrière, en cassant un carreau, puis s'avouait qu'il n'était pas capable de réaliser un tel projet.

Et si, au lieu de pénétrer dans la maison des vieilles, il pénétrait aux Mouettes ? Ne trouverait-il pas un indice qui avait échappé aux autres ?

Ou encore il irait trouver Robin. Oui ! D'homme à homme ! Il lui dirait...

Pendant ce temps-là, les bruits du port s'orchestraient autour de lui et il frôlait les bâtiments de la Petite Vitesse où il avait passé des années, où il passerait sans doute celles qui lui restaient à vivre.

Pourquoi n'arriverait-il pas à découvrir quelque chose ? Pourquoi Jules avait-il dit, devant le commissaire, que c'était lui, justement, qui trouverait l'assassin de Février ?

Il marchait toujours. Il n'était pas de taille à vivre autrement que la vie quotidienne, voilà ! Et maintenant il sentait qu'il ne pourrait jamais plus la reprendre comme avant, ni voir les choses dans leur ancienne simplicité.

En quarante-huit heures, c'est à peine s'il avait pensé trois fois à Babette, alors qu'autrefois il passait jusqu'à trois et quatre heures dans un coin de l'*Amiral*. N'était-ce pas une preuve, cela ?

La différence, c'est qu'avant il n'essayait pas de comprendre. S'il voyait Jules, c'était Jules tel qu'il était, un Jules qui n'avait jamais été différent et qui resterait comme cela jusqu'à sa mort.

Tandis qu'à présent, il savait qu'il avait été garçon de café et qu'il avait aimé Georgette... Puis Georgette était allée en Amérique du Sud et avait rencontré Février... Puis...

Du moment qu'on essaie de suivre l'enchaînement des faits... Paumelle, par exemple, qui couchait chez Robin...

Pourquoi diable avait-il renvoyé le testament ? Est-ce que c'était naturel, de la part d'un assassin ? Est-ce qu'il voulait augmenter encore les soupçons pesant sur les Canut en prouvant que ceux-ci avaient intérêt à la mort de Février ?

Il était passé, sans s'arrêter, devant la maison des vieilles. Une femme, plus loin, montée sur une échelle, lavait ses fenêtres et il rougit d'avoir levé les yeux vers ses jupes. Un homme a-t-il le droit de penser à cela quand son frère est en prison ?

Il arrivait devant l'estaminet dont les rideaux étaient tirés et tout à coup, sans raison, il entra dans la pièce vide, où une pelote de laine jaune canari traînait sur une table.

Quelque chose le frappa, quelque chose d'anormal, mais il ne sut pas quoi tout de suite. Il ne comprit qu'en s'approchant machinalement du poêle et en constatant qu'il n'était pas allumé. C'était cela ! Il faisait froid ! Le froid rendait la pièce plus vide !

— Qui est là ? répondit la voix de la Flamande en haut de l'escalier.

— Un client…

— Je descends !

Mais elle ne descendait pas. Elle allait et venait, au-dessus du café. Peut-être achevait-elle de faire son lit ?

Quand elle entra enfin, étonnée de se trouver face à face avec Canut, elle était habillée comme pour sortir, d'une robe de soie noire, avec de grandes boucles aux oreilles.

— Qu'est-ce que c'est ?

— Je voudrais boire quelque chose…, dit-il en s'asseyant.

— Vous allez encore rester deux heures comme l'autre fois ?

— Je ne sais pas.

La lumière était curieuse, à cause des rideaux au crochet qui divisaient le soleil en tout petits carrés, puis en plus grands, le tout formant des images symétriques qu'on retrouvait sur les tables, par terre, sur la robe et le visage d'Emma.

— Qu'est-ce que vous buvez ?

— Du cidre.

— Vous savez bien que je n'en ai pas !

— Alors, de la bière…

Elle était furieuse et ne le cachait pas. Elle posa un verre devant lui si brutalement qu'elle faillit le briser. Puis elle resta là, tout près, debout, à le regarder en face.

— Qu'est-ce que vous avez à venir rôder par ici, vous ?

Désarçonné, il chercha une réponse, porta le verre à ses lèvres, balbutia :

— J'avais soif !

— Surtout que vous avez l'habitude de vous asseoir dans les *autres* cafés, hein ! Si vous croyez que je ne sais pas où on vous trouve tous les soirs que Dieu fait… C'est un franc !…

Elle tendait la main. Elle lui signifiait qu'il n'avait qu'à payer, vider son verre et partir.

— Vous n'allez pas me demander où est Paumelle, des fois ? Parce que, si c'est ça, je peux vous dire tout de suite qu'il n'est pas caché ici… Je vous vois venir, vous savez, avec vos gros sabots…

Il ne pouvait que se taire. Il sentait qu'elle n'était pas dans son état habituel et il attendait, mal à l'aise.

— Vous voulez absolument rester là ?

— Mais…

— Dans ce cas-là, moi, je m'en vais… J'ai autre chose à faire que vous tenir le crachoir pour un franc de bière…

Il aurait juré, en regardant ses yeux, qu'elle avait pleuré. C'était assez naturel, si Paumelle était vraiment son amant de cœur…

Une idée le frappa : si elle s'était habillée, si elle l'avait si mal reçu, si elle manifestait tant d'impatience, n'était-ce pas qu'elle devait aller retrouver Paumelle ?

Elle seule, sans doute, savait où il était...

Il se leva précipitamment, murmura :

— Je m'en vais...

Et elle lui lança en guise d'adieu :

— Ce n'est pas trop tôt !

Il était sûr qu'elle allait partir aussi ! Alors, il la suivrait ! Il retrouverait Paumelle ! Il préviendrait la police et, dès lors, Pierre...

Il ne parcourut qu'une vingtaine de mètres et pénétra dans une ruelle d'où il pouvait observer le quai. Il était dans l'ombre. Deux chiens jouaient et se mordillaient, se roulaient sur le dos.

— Si elle prend un train, je pars aussi.

Cela suffisait pour lui rendre sa fièvre. Celle-ci faillit tomber, pourtant, quand il leva les yeux vers une fenêtre et qu'il vit, derrière le rideau, un visage lunaire qui l'observait.

C'était la sœur de Tatine, qui était là comme une grosse araignée, ou plutôt comme une grosse méduse, immobile, la main sur le rideau.

Il faillit s'en aller. Puis il décida de rester, en dépit de la vieille. Tous les bruits du quartier lui parvenaient distinctement. On battait des tapis à une fenêtre d'un premier étage, et dans une cour quelqu'un cassait du bois. Ailleurs, très près, un ragoût à l'oignon rissolait sur un fourneau et parfois s'élevait dans l'air la plainte légère mais nette d'un bébé.

N'était-ce pas la première fois depuis longtemps qu'on ouvrait les fenêtres ?

Il guettait un autre bruit, celui d'une porte se refermant, puis les pas d'Emma qu'il verrait passer à quelques mètres de lui et qu'il n'aurait plus qu'à suivre à distance.

Une demi-heure s'écoula, une heure, et la vieille ne bougeait toujours pas ; son nez, parfois, touchait la vitre, s'épatait, rendant le visage plus inhumain encore.

Pourquoi Emma s'était-elle habillée, si ce n'était pas pour sortir ? Or, elle ne pouvait pas partir de l'autre côté, car le chemin, après avoir atteint les quelques villas du pied de la falaise, s'arrêtait net devant la mer. À moins de marcher sur les galets, à marée basse...

Les chiens, à force de jouer, s'ennuyaient et l'un d'eux regardait Canut avec l'espoir qu'il se mêlerait à leurs ébats. C'était un petit chien roux avec une queue en trompette, qu'il agitait en signe d'invitation...

Des cloches sonnèrent onze heures. Une porte s'ouvrit et se ferma, mais ce fut une ménagère qui passa dans le soleil, son filet à provisions à la main, et qui se tourna un instant vers lui, comme si elle eût senti sa présence dans l'ombre.

Puis ce fut une autre invasion. Des enfants revenaient de l'école, en jouant. Ils étaient quatre, dont un frère et une sœur. Ils s'arrêtèrent net en voyant Canut dans son coin, repartirent, puis vinrent passer la tête au coin de la rue.

Rentrés chez eux, ils durent raconter à leur mère que quelqu'un se cachait, car une femme en tablier vint à son tour, prudemment, l'observa un bon bout de temps et, l'instant d'après, se mit à parler à une voisine.

Charles rougit. Il avait l'impression de faire une chose honteuse. Il craignait qu'on vînt lui demander des explications et il préféra se montrer, l'air aussi dégagé que possible, et se diriger vers l'estaminet d'Emma.

Les deux femmes, de leur seuil, l'observaient toujours et Dieu sait ce qu'elles pouvaient penser de lui.

Il essaya de tourner la clenche. La porte était fermée. Il regarda à l'intérieur et ne vit rien que son verre à bière encore à la place où il l'avait laissé.

Il secoua la porte, frappa contre la vitre, recula pour observer les fenêtres du premier étage, qui étaient fermées.

Les deux femmes étaient toujours là, à moins de vingt mètres.

— Il n'y a personne ! se décida à lui crier l'une des deux.

— Vous êtes sûre ?

— Mais oui ! Elle est partie il n'y a pas vingt minutes…

— Qu'est-ce que vous dites ?

— Elle est allée jusqu'au bout du quai, où elle a pris le bachot pour traverser…

197

Il n'avait pas pensé à cela ! Il y avait, en effet, un canot qui faisait la traversée du bassin et évitait de le contourner pour aller en ville.

Les deux femmes s'étonnaient de son émotion.

— Elle reviendra sûrement après midi...

Et il ne savait que leur dire, leur adressait un vague sourire de remerciement, marchait dans le soleil, terriblement remué, se demandant si, presque sans le vouloir, il ne venait pas de découvrir la vérité.

Quand il arriva à l'*Amiral*, il chercha le commissaire des yeux, mais ne le vit pas à sa place habituelle.

— Qu'est-ce que tu as ? lui demanda Jules.

— Moi ?... Rien...

— Tu veux parler au commissaire ?

— C'est-à-dire...

— Il vient de partir en vitesse, où Paumelle a été retrouvé...

Et Jules semblait se moquer férocement de lui tandis que Babette servait quatre clients qui jouaient à la belote.

CHAPITRE X

— Tu vas encore faire une bêtise… Enfin !…

C'étaient les derniers mots de Babette, qui lui avait quand même donné l'argent qu'il demandait, car il ne voulait pas perdre de temps en passant chez lui. Elle l'avait accompagné jusqu'au seuil et Jules avait lancé :

— Où tu vas, Canut ?

— Je peux prendre votre vélo un instant, monsieur Martin ?

Il l'avait pris, presque d'autorité. Il avait roulé entre les camions et les voitures beaucoup plus vite que d'habitude et il s'était trouvé à la gare.

— Le train de Dieppe n'est pas parti ? questionna-t-il, haletant.

On le lui montra qui attendait. Il laissa le vélo dehors, sans s'en inquiéter davantage, prit un billet, longea le convoi en regardant dans chaque compartiment. C'était un vieux petit train sans couloir.

Bientôt il vit ce qu'il cherchait, ouvrit la portière, monta, malgré les protestations de trois marchandes de légumes qui avaient installé leurs paniers sur les banquettes.

Le cœur lui battait tant à cause de l'émotion que parce qu'il avait couru et il ferma un instant les yeux sans cesser, pour ainsi dire, de voir la grosse Emma assise en face de lui.

*

Cela s'était passé à midi trente. Charles s'était souvenu à temps qu'il n'y avait qu'un train à ce moment de la journée, l'omnibus de Dieppe, et c'était lui qui avait eu raison contre Babette et contre les regards ironiques de Jules : Emma y était !

— Tu vas encore faire une bêtise…

Babette n'aurait pas dû dire cela. Dans son propre intérêt ! Il y a des cas où les mots blessent ou peinent davantage et à cette minute, Charles était ultra-sensible. Pourquoi « encore » ? Est-ce qu'il avait fait tant de bêtises ? Était-ce Jules qui lui donnait cette opinion de lui ?

Et pourquoi, puisqu'elle ne savait rien, moins que lui, n'avait-elle pas confiance, simplement, sans chercher à discuter ?

Il n'était pas triste, non ! Mais il lui semblait… Comment dire ? Il lui semblait que Babette s'estompait un peu, avait beaucoup moins d'importance qu'il n'avait cru… Peut-être n'était-elle après tout qu'une petite bonne insignifiante qui, parce qu'il avait parlé de l'épouser, se croyait le droit de le juger ?…

200

Il aimait mieux penser à autre chose... D'ailleurs, ce train-là ne permettait pas de ramener longtemps ses idées sur un même sujet. On s'arrêtait déjà, à Fécamp-Saint-Ouen, puis à Colleville, à Valmon, à Ourville...

Il n'osait pas trop regarder Emma en face, mais il lui lançait des coups d'œil à la dérobée et il avait eu le temps de remarquer qu'elle avait comme vieilli depuis le matin.

Drôle de grosse femme ! Les commères du marché ne se gênaient pas pour échanger des regards amusés, car elles avaient tout de suite repéré les boucles d'oreilles grosses comme des noix, les trois bracelets et l'énorme médaillon que la Flamande portait sur une robe de soie trop lisse et trop brillante.

Peut-être avaient-elles noté aussi que les cheveux, à la racine, n'étaient pas de la même couleur qu'ailleurs, ce qui indiquait qu'Emma se teignait ?

Quant à Charles, en baissant les yeux, il voyait des souliers vernis neufs, aux talons démesurés, d'où débordaient des bourrelets de chair grasse.

— Il n'y a pas de premières classes, à ce train ? avait lancé une des bonnes femmes en faisant allusion au faux luxe de la Flamande.

La situation était devenue plus gênante quand, à Herbeville, les marchandes de légumes étaient descendues. Charles avait espéré qu'il monterait quelqu'un. Il avait presque fait signe à un voyageur qui cherchait un compartiment et qui était monté ailleurs.

Le train en marche, ils étaient face à face, Emma et lui, dans une boîte fermée, et Canut pensa :

— Elle a peut-être un revolver dans son sac... Elle pourrait me tuer...

Il n'avait pas peur. Il n'avait aucune envie de mourir, mais à cet instant il n'avait pas peur. Il leva les yeux et aperçut dans le filet une valise assez grande, en fibre. Puis il regarda Emma et il lui sembla qu'elle enlaidissait à vue d'œil.

Ce qui donnait cette impression, c'est que, maintenant, la poudre et les fards ne paraissaient pas tenir sur son visage. Le rouge était mal mis, par plaques. Le noir des cils formait de petits grains qui n'étaient pas à leur place.

Comment les choses s'étaient passées, Charles n'en savait rien, mais il avait la conviction, maintenant, que c'était cette femme qui avait tué Février.

Pourquoi ? D'abord parce que, dans son esprit, Paumelle aurait été incapable d'égorger le vieux. Il l'aurait peut-être assommé ; ou bien il lui aurait donné un coup de couteau au cœur...

Ensuite, si c'était lui l'assassin, Paumelle n'aurait pas renvoyé le testament, et il ne se serait pas enfui juste à ce moment.

Ce n'était pas un raisonnement très serré. Ce n'était pas un raisonnement du tout. N'empêche qu'Emma avait peur, puisqu'elle fuyait. Et elle avait encore plus peur depuis qu'il était assis en face d'elle car, alors qu'il ne faisait pas chaud, son front était luisant de sueur.

Ce qu'il allait faire, il l'ignorait. Cela dépendrait de ce qu'elle ferait elle-même. Son but n'était-il pas de prendre le bateau pour l'Angleterre ? Ou encore le train pour la Belgique ?

Peut-être ne savait-elle pas davantage que lui où elle allait. Il l'aurait presque juré. Il la sentait respirer avec peine à chaque heurt un peu violent du train. On avait l'impression qu'elle étouffait, qu'elle cherchait un geste à accomplir, sans savoir lequel, et Charles eut une autre appréhension. Qui sait si elle n'allait pas ouvrir la portière et se jeter sur la voie ?

À Offranville, un prêtre se promenait tout seul sur le quai de la gare. Emma le vit et toucha du bois. Des tas de compartiments étaient libres et pourtant la serrure tourna et l'homme en soutane s'installa dans le coin opposé à celui d'Emma.

Une petite gare encore… Et, à Dieppe, la Flamande se hissait sur la pointe des pieds pour prendre sa valise… Charles n'osait pas l'aider… Le prêtre s'avançait :

— Vous permettez ?

La valise était assez lourde. Pourtant Emma sortit de la gare et ne prit pas de taxi. Elle marcha, dans la rue en pente, et elle marchait mal, en tournant les talons, tandis que ses chevilles devaient être douloureuses.

Elle ne se retourna pas. Elle savait que Charles la suivait. Tous deux entendirent trois coups de sirène et la femme essaya de marcher plus vite, ne parvint qu'à buter et, quand elle arriva sur le quai, le bateau de Newhaven évoluait au milieu du bassin et se faufilait entre les jetées.

Elle s'arrêta, où elle était, comme quelqu'un qui n'a plus de raison d'aller ici plutôt que là. Il était deux heures et demie. Le port était plus animé qu'à Fécamp et on entendit le haut-parleur d'un café qui déversait de la musique sur le trottoir.

L'instant d'après, Emma était assise dans un coin de ce café et elle paraissait si lasse que Charles avait un peu honte de sa conduite. Il s'assit néanmoins non loin d'elle, la vit qui buvait avidement de l'alcool.

À trois heures et demie, elle réclama un sandwich qu'elle ne mangea pas jusqu'au bout.

— Tu vas encore faire une bêtise...

Il en voulait vraiment à Babette et c'était la première fois qu'il la jugeait froidement, même d'un point de vue physique. Elle n'avait pas de hanches, pas de poitrine. Au lit, elle dégageait une odeur fade... Alors pourquoi le seul fait de penser à cette odeur ?...

La situation devint ridicule. La grosse femme se leva, se dirigea vers les lavabos et Charles la suivit, tant il avait peur de la laisser échapper. Il resta debout près de la porte et, quand elle sortit, il faisait semblant de se laver les mains !

Ce n'était pas un café comme ceux de Fécamp. C'était une vraie brasserie, moderne, comme à Paris, et la caissière, de sa place, changeait les disques du pick-up qui avait un haut-parleur dans la salle et un autre dans la rue.

Emma réclama l'indicateur des chemins de fer, le consulta longuement, l'abandonna d'un air découragé. Puis elle appela le gérant et lui parla à voix basse, sans que Charles pût se douter de ce qui se disait.

Le prochain bateau pour l'Angleterre, en tout cas, si c'était cela qu'elle désirait, n'était qu'à neuf heures quinze du soir et il y avait encore quelques heures à attendre !

*

Il y avait déjà longtemps que les lampes étaient allumées et Charles était engourdi par la chaleur, abruti par la musique et par l'inaction. La salle s'était remplie peu à peu pour l'apéritif et il suivait vaguement, sans y penser, une partie de cartes qui se jouait à la table voisine entre un drôle de petit vieux, qui avait une énorme verrue sur le nez, et un homme quelconque que Canut voyait de dos.

Si on lui avait demandé à brûle-pourpoint ce qu'il faisait là, il eût été en peine de répondre. Il attendait ! Il attendait depuis des heures ! Et, dans l'autre coin, Emma attendait aussi, après avoir lu un petit roman populaire qu'elle avait tiré de son sac.

La porte s'ouvrit comme elle s'ouvrait toutes les minutes, envoyant chaque fois un courant d'air froid dans les jambes de Canut, qui était mal placé. Cette fois, un gamin apportait les journaux du soir ; il en prit un, Emma en prit un autre. On peut dire qu'ils le déployèrent ensemble, qu'ils le lurent en même temps :

*

Tout le monde ne s'était-il pas trompé sur son compte ? On avait cru que c'était un dur, capable de se défendre jusqu'au bout. Or, à Poitiers, la police le cueillait au moment où il sortait d'un train de marchandises. Il ne savait pas où il était. Il avait voyagé ainsi à l'aveuglette, passant d'un convoi dans un autre, et c'était le hasard seul qui l'avait amené dans le centre de la France.

— Je suis cuit ! s'était-il contenté de soupirer.

Et, comme on lui passait les menottes, il avait affirmé :

— C'est comme vous voudrez, mais je vous jure que je n'ai aucune envie de filer !… Tant pis pour la vieille !… Je l'ai prévenue…

Ces détails-là et les autres étaient dans le journal, téléphonés par un correspondant particulier. Paumelle avait été conduit devant un commissaire de la brigade mobile, qui avait commencé l'interrogatoire traditionnel.

— Pourquoi avez-vous tué Émile Février ?

— Ça ne prend pas… Je n'ai pas tué le vieux…

— Dans ce cas, comment étiez-vous en possession de son testament ?

— Moi ?

— Nous avons la preuve que c'est vous qui l'avez mis à la poste, après avoir découpé les mots de l'adresse dans un journal…

— Et après ?

— Qu'avez-vous fait des billets de banque et des titres ?

Il avait hésité un quart d'heure, guère plus. Puis il avait déclaré cyniquement :

— Faites-moi servir à bouffer et surtout à boire et je me mets à table...

Il avait ri du jeu de mots, mangé de bon appétit, réclamé une seconde bouteille de vin et des cigarettes.

— Ça va mieux... Maintenant, je crois qu'il est préférable que je commence par le commencement...

Il avait le sang à la tête, d'avoir trop mangé et d'avoir trop chaud après être resté des heures au grand air.

— J'ai pas besoin de vous parler de l'histoire du *Télémaque* et de tout le tremblement, car on en a assez mis sur les journaux... Je pense que, si ça vous était arrivé de bouffer de l'Anglais et peut-être du camarade, ça vous aurait porté un drôle de coup...

Et d'une voix où il y avait du cynisme, certes, mais autre chose aussi, il dit très vite :

— Moi, j'ai du sang d'Anglais dans les veines...

Puis il regarda autour de lui, but une lampée.

— Mon père n'a jamais pu s'en remettre tout à fait et il a fini par laisser sa carcasse coincée entre son bateau et le quai du bassin... Moi, j'aurais peut-être pu devenir quelque chose... À certain moment, j'ai pensé m'engager, mais j'ai eu peur de la discipline... Je bricolais, quoi !... Je n'ai pas besoin de préciser... Toujours est-il que je n'ai pas une seule condamnation à mon casier, ce qui prouve que ce n'était pas grave... Voilà deux ans, Février est venu s'installer à Fécamp et je ne l'aurais peut-être pas connu, malgré le *Télémaque* et ses aventures avec mon père, s'il n'avait fréquenté chez Emma...

Sa langue s'épaississait sous l'effet du vin. Il parlait d'un air dégoûté, comme s'il n'eût pas bien compris la nécessité de raconter toutes ces choses.

— Vous verrez ce qu'est Emma... Elle n'est plus toute jeune, mais elle a encore du charme et surtout elle est bonne fille... Je pourrais vous en citer une demi-douzaine, à Fécamp, des hommes qui ont une situation et une famille et qui n'étaient pas dégoûtés de venir deux ou trois après-midi par semaine... Moi, ce n'était pas pour le même motif...

— Je suppose que vous étiez l'amant de cœur...

Il rit, d'un rire d'homme ivre, expliqua :

— Faites excuses... Ça me fait penser à l'enfant de chœur... Bah ! j'étais comme vous dites... Elle m'aimait bien... Elle me mijotait des petits plats... Peut-être qu'à l'occasion, quand j'étais fauché, elle me passait une pièce... Tout le monde ne peut pas être capitaine de bateau ou employé de chemin de fer...

— Que voulez-vous dire ?

— Rien... Faites pas attention... Ce serait trop long...

Et, un instant, il y avait de la dureté dans ses yeux.

— C'est elle qui m'a parlé de Février, qui vivait tout seul et qui s'ennuyait, surtout qu'il avait des périodes d'idées noires pendant lesquelles il ne voulait voir personne... Il a eu du goût pour Emma, malgré son âge, car il y a des vieux qui ne veulent pas désarmer...

On tenta de l'empêcher de boire, mais il regarda le commissaire d'un air de défi, sa bouteille de rouge à la main.

— Qu'est-ce que ça peut vous faire que je me saoule la gueule, du moment que je mange le morceau ?... Est-ce que vous voulez que je vous dise tout, oui ou non ?... C'est pas de si tôt qu'on me donnera du vin à volonté... Où en étais-je ?... Oui... Un jour qu'il avait son cafard, le vieux a raconté l'histoire du *Télémaque*, et que c'était cela qui le rendait malade, et que depuis lors il ne s'était jamais senti un homme comme un autre, etc.

» C'est ce qui m'a donné l'idée d'aller le trouver et de parler comme lui. J'ai raconté que mon père était mort de désespoir, que toute la ville me montrait du doigt, que je ne pouvais pas trouver de situation honorable...

» Il a marché... Cinq cents francs du premier coup... Puis par plus petits paquets, cent francs par-ci, cinquante par-là... C'était un drôle de bonhomme, toujours si pâle, si blanc, qu'il devait avoir du sang de poisson... Avec ça, il avait une peur atroce de mourir et il ne lisait que des livres de médecine...

» Attendez que je me souvienne exactement comment c'est venu... On dira que je charge

Emma, mais ce n'est pas vrai... Elle a été bonne pour moi, ce qui n'est pas une raison pour que je lui fasse cadeau de ma tête...

» Vous allez rire, mais elle s'était mis dans l'idée de se faire épouser par Février, à cause de la maison et du magot, de la maison surtout, car elle avait toujours rêvé d'avoir une maison à elle, et celle de Février lui plaisait...

» Lui ne se laissait pas faire... Pour le reste, oui... Pour le mariage, il était plus coriace et il parlait d'autre chose...

» Emma était vraiment enragée... Elle ne voulait plus voir ses amis sérieux... Peut-être qu'elle sentait qu'elle vieillissait et qu'elle tenait à faire une fin...

» — Si seulement il me mettait sur son testament... qu'elle disait.

» Et elle m'excitait pour que j'essaie de savoir ce que le vieux avait derrière la tête...

» Vous voyez que je n'ai pas marché... Un jour, seulement, j'ai annoncé à Emma que l'autre n'allait pas tarder à mettre les voiles, rapport aux accrochages qui avaient toujours lieu avec Mme Canut, la folle...

» Il voulait vendre sa maison et aller vivre ailleurs, mais il ne m'a jamais dit où, peut-être en Amérique du Sud...

» Là-dessus, quand il est venu la voir comme d'habitude, Emma lui a fait une scène... Faut savoir qu'elle a une autre manie : elle menace toujours les gens de leur faire des procès. Elle en a fait un à la voisine, dont le chien pissait sur son seuil...

» Elle est comme ça... Elle a dit à Février qu'il n'avait pas le droit de l'abandonner après avoir profité d'elle et lui avoir fait perdre sa situation... Vous comprenez ?... Je crois qu'elle ne se rendait pas compte... Elle parlait sans rire de "sa situation"...

» Puis le truc est arrivé, je veux dire qu'on a trouvé le vieux saigné comme un cochon et qu'on a arrêté Canut...

» Je jure, sur la tête de qui vous voudrez, qu'à ce moment-là je ne savais rien... Peut-être que ce soir-là j'étais à l'*Amiral*, où il m'arrivait de faire enrager Canut, l'autre, le cheminot, à propos de Babette...

» Je ne dis pas que le lendemain je n'ai pas trouvé l'histoire étrange, mais du moment que la justice avait arrêté quelqu'un...

» D'ailleurs, Emma n'avait pas changé... Elle passait des heures à faire du crochet près de la fenêtre, comme d'habitude... C'est seulement deux jours après qu'elle m'a dit comme ça, dans la conversation :

» — Tu crois que c'est vrai, toi, qu'on puisse fabriquer des faux passeports ?

» — Pourquoi demandes-tu ça ? que je lui ai fait.

» — Pour rien... Parce que je l'ai lu dans un roman...

» Car elle lisait des romans populaires, sans cesser de manier son crochet.

» — Il paraît, murmura-t-elle, que des types parviennent à imiter toutes les écritures… Je voudrais bien en connaître un…

» — Pour quoi faire ?

» Remarquez qu'elle ne pouvait pas se passer de moi, mais qu'elle était trop maligne pour se livrer d'un seul coup. Elle avait son idée ; seulement elle tournait autour…

» Il y eut encore deux jours sans rien, puis un après-midi elle me fait monter dans sa chambre et je crois que c'est comme d'habitude, car elle avait mis le verrou à la porte de l'estaminet.

» Pas du tout ! Elle ferme les rideaux, allume la lampe, tire un papier de dessous une pile de draps qui étaient dans la garde-robe. Des draps, elle en avait peut-être douze douzaines, tous brodés !

» — Imagine qu'on change quelques mots… fait elle en me tendant le papier.

» C'était le testament du vieux ! Je la regardai. Elle me dit :

» — C'est sa faute ! Il allait partir en me laissant sans un sou…

» J'avoue que je l'ai regardée avec admiration. Qu'elle ait pu rester quatre jours, après, sans rien m'avouer, à moi, sans me laisser soupçonner quelque chose !

» — Il paraît qu'il y a des acides pour laver l'encre… Si tu allais à Paris, tu trouverais peut-être un spécialiste… Moi, il faut que je reste ici, sinon on aurait des doutes… Tant que Canut sera en prison, on nous laissera tranquilles…

212

» Elle avait dit *nous* et c'est alors que j'ai commencé à la trouver mauvaise.

» — Qu'est-ce que tu as fait des titres et des billets ?

» — N'aie pas peur... Ils sont en lieu sûr...

» Vous comprenez ? Elle se méfiait, même de moi ! Elle voulait seulement m'envoyer à Paris !

» Le premier jour, j'ai refusé. Puis j'ai vu le Canut, le frère, rôder autour de moi et j'ai commencé à faire la grimace.

» — Pour un travail comme celui-là, que j'ai dit à Emma, on doit demander cher...

» — Je payerai ce qu'il faudra...

» — Combien ?

» — Cinq mille... Et cinq mille après...

» — Donne !

» Ainsi, j'en étais quitte... J'empochais cinq billets et je filais... J'espérais arriver à Marseille, où je me serais embarqué... J'avais aussi une vague idée de m'engager dans la Légion où, avec mon magot, j'aurais eu le filon...

» Emma m'avait remis le testament et je ne savais qu'en faire... J'aurais pu le brûler... Si la Canut n'avait pas été folle, je l'aurais fait... Vous voyez que je n'essaie pas de me montrer meilleur que je suis... Mais il paraît que cela porte malheur de faire du tort aux fous...

» J'ai envoyé le papier à Rouen... Je me suis trompé de train, la nuit... Je me suis trouvé sur une voie de garage, je ne sais où, à Laroche, je crois... J'ai passé dans un autre wagon... Vous êtes venus me cueillir... Voilà...

Et il sourit, d'un sourire vague qui semblait vouloir dire :

— Vous voyez ce que c'est… Je n'ai jamais rien fait de bon… Mais je n'ai pas fait grand-chose de mal…

*

Charles tressaillit. Il ne savait plus où il était. Un instant, il regarda autour de lui avec une sorte d'égarement, puis il suivit des yeux Emma qui s'était levée et qui se faufilait entre les tables, son sac à la main.

Comme elle l'avait déjà fait une fois, elle se dirigeait vers les lavabos. Il entendait d'abord la porte va-et-vient, puis l'autre. Il restait là un bon moment, puis soudain il se levait à son tour, les traits bouleversés, se précipitait sur les traces de la Flamande, trouvait une porte fermée, avec le mot « occupé » sur l'émail.

— Vous êtes là ? questionna-t-il sans savoir ce qu'il disait.

Un silence. Il tendit l'oreille, crut percevoir un faible gémissement.

Alors il essaya d'ébranler la porte, n'y parvint pas, revint dans le café et courut vers le gérant à qui il parla à voix basse. Des gens le regardaient, car il paraissait surexcité et le gérant, à son tour, manifestait son émotion, se dirigeait vers les lavabos, revenait dans la salle et cherchait quelqu'un des yeux.

— Robert !

C'était un des joueurs de belote, qui se leva, ses cartes à la main.

On chuchota encore. Ils étaient trois, maintenant, dans l'étroit espace où on entendait nettement un gémissement d'autant plus sinistre qu'il était très faible, mais ininterrompu.

Robert prit son élan, une fois, deux fois et, à la troisième enfin, la porte céda et on vit, par terre, une femme repliée sur elle-même, avec des morceaux de verre sur une robe noire et du sang sur les mains.

Emma n'était pas évanouie. Elle gémissait sans grimacer, machinalement, eût-on dit, et elle regardait ces hommes comme sans comprendre.

— Un médecin... Vite !...

Charles les gênait, parce qu'il était toujours dans le chemin, lugubre, maladroit, à poser des questions saugrenues.

— Qu'est-ce qu'elle a ?... Est-ce que vous croyez qu'elle va mourir ?...

D'autres gens vinrent. Le pick-up ne fut arrêté qu'assez longtemps après. Dans le café, tout le monde était debout et enfin un médecin arriva et un cortège se forma, avec la Flamande qu'on portait vers une chambre du premier étage.

On n'avait pas laissé monter Charles, qui n'était qu'un client comme un autre et qui avait envie de vomir. Il essayait de regarder ailleurs, mais son regard revenait sans cesse vers les traces de sang qu'il y avait à terre, puis il ouvrit la bouche en voyant un homme ramasser une chaussure en vernis noir.

— Il faut que je parle à quelqu'un ! s'écria-t-il soudain. Appelez la police... J'ai besoin de voir la police...

Certains crurent que c'était lui qui avait attaqué la cliente dans les lavabos. On l'entoura d'un cercle méfiant, hostile, car nul ne savait ce qui s'était passé.

Le képi d'un agent parut enfin. L'homme avait déjà son calepin à la main. Et Charles de déclarer, haletant :

— C'est Emma... Celle du journal... Celle qui a tué Février, à Fécamp...

Il ajoutait, inconscient de ce qu'il disait :

— Il ne faut pas qu'on la laisse mourir...

Il n'était pas loin de se considérer comme un assassin. Il regardait autour de lui avec des yeux hagards et ses genoux tremblaient tellement qu'il dut s'asseoir.

— Buvez ça... Si !... Buvez d'un trait...

C'était fort. Celui qu'on avait appelé Robert redescendait. Charles essayait d'entendre, n'attrapait que des bribes de phrases :

— ... avait emporté son verre dans son sac à main... essayé de se couper l'artère du poignet...

— Elle va mourir ?

L'agent avait quelque peine à le regarder sans méfiance.

— Comment avez-vous su ?...

Et lui, croyant tout expliquer :

— Je suis Canut, le frère... Vous comprenez ?...

216

Mais non ! Personne ne comprenait, ne pouvait comprendre.

— Il faut faire quelque chose, téléphoner à... Je ne sais pas à qui, moi !...

Il revoyait la Flamande sortant de la gare avec sa valise trop lourde et marchant vite, talons tournés, en butant sur les pavés.

— Je suis malade..., gémit-il soudain.

Et on dut s'écarter pour le laisser vomir, en plein café, sur les dalles couvertes de sciure.

CHAPITRE XI

Le plus bête, c'est qu'il n'y avait pas de train. On n'avait plus besoin de lui, mais il n'y avait pas de train pour Fécamp.

Au commissariat de police, il avait déclaré ce qu'il savait et on lui avait fait boire du café noir, tant on le voyait bouleversé.

Emma avait été transportée à l'hôpital, et son état n'était pas grave.

— Vous pouvez disposer, avait-on dit à Charles. Le juge d'instruction chargé de l'affaire vous interrogera sans doute ; nous, cela ne nous regarde plus.

Il arriva sur le quai juste comme le bateau de Newhaven sortait du port, tous feux allumés. Il pensa qu'il devait téléphoner à Fécamp et il ne pouvait téléphoner qu'au café de l'*Amiral*, car les Lachaume n'étaient pas reliés.

Il ne voulut pas entrer à la brasserie du coin où l'événement avait eu lieu et où le pick-up marchait comme d'habitude. Il choisit un autre café, eut une sensation désagréable en refermant la porte de la cabine téléphonique, car elle lui rappelait une autre porte qu'il avait fallu forcer.

— Allô !... Allô ! Fécamp...

On lui dit d'abord qu'on ne répondait pas et il se fâcha.

— Ce n'est pas possible, Mademoiselle... C'est un café et il ne peut être fermé à cette heure-ci...

— Bon ! Je rappelle...

Elle rappela et une voix, qu'il ne connaissait pas, grommela :

— Qu'est-ce que c'est ?

— Le café de l'*Amiral* ?... Voulez-vous appeler Babette à l'appareil...

— Quoi ?

Il s'impatienta.

— Je suis bien au café de l'*Amiral ?*

— Il n'y a personne...

On sentait la présence, au bout du fil, de quelqu'un n'ayant pas l'habitude de téléphoner.

— Écoutez... Je veux parler à la servante du café de l'*Amiral*....

— C'est ici !

— Qui est à l'appareil ?

— Quoi ?

— Je demande qui est à l'appareil...

— C'est Oscar...

— Oscar qui ?... Jules n'est pas là ?

— Il n'est pas ici...

— Et Babette ?

— Elle est partie...

— Hein ?

— Qu'est-ce que vous voulez, à la fin ?...

219

Ce qu'il voulait ? Parler à quelqu'un, sacrebleu. Il ne comprenait pas que le café de l'*Amiral* fût vide à neuf heures et quart du soir.

— Où sont-ils ?

— Qui ?

— Jules… Babette…

— Ils sont sur le quai…

— Vous ne pouvez pas les appeler ?

— Non ! Ils sont loin, devant chez M. Pissart… Rapport à Canut, qui vient d'arriver.

Charles faillit éclater en sanglots. Il restait là, l'écouteur à la main, sans penser à parler. Il venait de comprendre. On avait relâché Pierre ! Pierre était à Fécamp ! Et toute la ville…

Il ne savait pas encore que M. Pissart était allé le chercher à Rouen avec son auto, ni que trois cents personnes entouraient la maison de l'armateur, ni qu'on avait fait chercher sa mère, qui était arrivée avec la tante Louise et Berthe.

Il faillit quitter le café sans payer. Puis, comme cela arrive dans ces moments-là, il eut une idée saugrenue : il pensa à la bicyclette qu'il avait abandonnée à la gare de Fécamp et qui lui aurait bien servi…

Une idée saugrenue, car il aurait mis toute la nuit pour faire la route en vélo.

L'idée de prendre une voiture ne lui venait pas. Il n'avait jamais pris de taxi de sa vie. Ce fut seulement une fois sur le quai, en face du marché couvert, non loin d'un bal musette à la façade peinte en rouge, qu'il aperçut trois autos portant un petit drapeau blanc. Les chauffeurs bavardaient, à côté, sans se douter qu'il était un client éventuel.

— Qu'est-ce que vous prendriez pour me conduire à Fécamp ?

Ils se regardèrent, calculèrent.

— Quatre cents…

Et c'est ainsi qu'il se trouva sur une banquette, dans une ancienne limousine où il y avait encore des porte-fleurs en cristal et des œillets artificiels.

Chez Pissart, tout le premier étage, qui servait d'habitation, était illuminé. Des gens étaient entrés, ceux qui avaient droit à un titre quelconque, et d'autres étaient restés dehors, même Babette qui se tenait près de Jules, comme si elle avait peur de se perdre.

Là-haut, on buvait du champagne. Le maire était arrivé et sa voiture stationnait devant la porte, avec le chauffeur sur le siège.

On criait :

« Vive Canut ! »

Et M. Pissart, qui ne lâchait pas Pierre, lui disait :

— Il faut vous montrer au balcon, leur dire quelque chose…

Pierre ne savait pas, ne savait plus, évoluait gauchement ; il s'avançait comme on le lui demandait vers la fenêtre ouverte et la foule criait de plus belle.

C'étaient des heures irréelles, où on faisait des choses qui n'ont pas de bon sens. Il y avait chez M. Pissart des gens qu'à l'ordinaire on n'aurait jamais laissé entrer. Et, ce soir, on leur servait du champagne !

Mme Canut, sur un canapé, pleurait doucement, sans raison, et c'était Mme Pissart qui lui disait des phrases pour la consoler tandis que le maire s'entretenait avec Berthe Lachaume qui, d'habitude, se contentait de lui emballer ses gâteaux.

— Où est Charles ? avait demandé Pierre avec inquiétude.

Personne n'avait pu lui répondre.

— Depuis huit jours, c'est à peine si on le voit… Il court dans tous les sens… Il cherche… Il doit encore être sur une piste…

Personne ne parlait d'aller dormir. C'était incohérent, voilà tout, et Pierre ne paraissait pas comprendre ce qui lui arrivait.

— Votre frère a été très bien…, lui expliquait M. Pissart, qui avait la manie ce soir-là de lui tenir le bras, comme à une femme, lui qui d'habitude ne serrait la main à personne.

— Qu'est-ce qu'il a fait ?

— Il m'a aidé à décider l'équipage, qui ne voulait pas embarquer…

Ce qu'il y avait de plus extraordinaire que tout, c'est que M. Pissart avait les yeux brillants et les joues marquées de rose. M. Laroche, en effet, à Rouen, quand il était venu chercher Pierre, lui avait offert un verre ou deux de marc de Bourgogne.

Ils avaient parlé de l'événement, tous les deux, du bout des lèvres.

222

— J'espère que vous ne m'en voudrez pas trop de vous avoir pris un moment votre capitaine ?... Pierre Canut a été très convenable. Peut-être se montre-t-il injuste envers Me Abeille, qui a fait tout ce qu'il a pu...

C'était à qui trinquerait avec Pierre, qui n'osait pas refuser et qui prenait les coupes qu'on lui tendait, avec un petit sourire gêné.

— Dis donc ! La prison ne t'a pas fait maigrir...

Non ! Il était le même, toujours le même. Le hasard voulait qu'il se fût rasé le matin et il était aussi frais qu'au retour de la pêche, quand il endossait ses habits du dimanche.

— Je crois que vos amis vous attendent en bas..., murmura M. Pissart, alors qu'il était plus de onze heures.

Pierre ne savait pas ce qu'il devait faire. Devait-il rentrer chez lui avec sa mère, ou suivre les autres, toute la bande de l'*Amiral* qui, elle aussi, voulait boire avec lui ?

Il lui manquait quelque chose et ce quelque chose c'était Charles, mais il avait déjà trop bu de champagne pour s'en apercevoir.

Il se retrouva sur le quai, vit le visage chiffonné de Babette et l'embrassa, d'un geste un peu théâtral, toujours à cause du champagne.

— Tu viendras bien prendre un verre avec nous...

Mais oui ! Il suivait. Et Charles, pendant ce temps-là, au fond de sa voiture, fixait le pinceau lumineux des phares et croyait toujours voir par terre, dans l'endroit le moins poétique du monde,

223

le corps épais, couvert de soie noire, de la Flamande.

Puis il y avait ce soulier…

Il n'avait pas remarqué qu'on était arrivé sur les
quais, ni qu'il n'y avait plus de lumière aux fenêtres de M. Pissart. Le chauffeur avait arrêté la
voiture.

— Je vais plus loin ?

Il ne restait que l'auto du maire. Les deux
hommes, là-haut, devaient achever la soirée en
petit comité.

— Non… Merci…

Il paya. Cela lui fit mal de donner quatre cents
francs pour un voyage qui, en train, ne lui eût
coûté que trente-huit francs vingt-cinq.

Il s'en voulait de tout, et même de n'être pas
joyeux. Il était facile de constater de loin qu'il y
avait une animation anormale au café de l'*Amiral*.

Alors, une deuxième pensée mauvaise lui vint : il
faillit rentrer chez lui et aller se coucher. Pierre le
trouverait en rentrant à son tour, ou bien le lendemain matin.

Mais il en était incapable. C'était plus fort que
lui. Il le savait.

Il franchit l'écluse, poussa la porte et vit la foule
dans une trouble atmosphère d'alcool et de cigares. Quelqu'un cria :

— Voici Charles !

Et Charles fendit la foule à la recherche de son
frère accoudé au comptoir, le regard un peu vague,
la voix claironnante.

— Viens ici, toi, que je t'embrasse…

Il était ivre. Il ne pouvait pas en être autrement. Il donnait l'accolade à son frère d'une façon exagérée, comme un ministre.

— Et maintenant, dis-nous où tu étais, mauvais sujet…

Alors Charles grimaça. Les autres ne comprirent pas. Il grimaçait parce qu'il était sur le point de pleurer et qu'il ne voulait pas. Il essayait d'avaler son sanglot. Il voyait Babette, qui avait bu, elle aussi, et qui était heureuse au milieu de tous ces hommes surexcités.

— Je viens de Dieppe…

— Donne-lui à boire, Babette !

Il prit le verre, crut entendre :

— Tu vas encore faire une bêtise…

Et il sourit, d'un sourire qu'il était seul à savourer. On le vit boire comme il n'avait jamais bu, acceptant, lui aussi, tous les verres qui se présentaient, en prenant les mains de ses voisins.

C'était comme cela, et pas autrement ! Il n'y avait rien à y changer, parce que c'était dans l'ordre des choses.

Quel ordre ? Il aurait eu de la peine à l'expliquer. Il le sentait, voilà tout ! Il fallait que Pierre continue à être Pierre.

Et, pour cela, il fallait que Charles…

Pas plus tard que le lendemain, il retournerait à la Petite Vitesse et, le soir, il viendrait s'asseoir dans son coin, à regarder Babette, à attendre qu'elle ait le temps de s'asseoir un moment près de lui entre deux clients à servir.

Jules lui lancerait sans doute des coups d'œil iro-niques. Peut-être que Jules avait compris, lui aussi ?

Non ! Mais lui avait déjà presque fini de vivre. Alors, il voyait les choses de plus haut...

Pierre restait beau jusque dans l'ivresse. Il ne vomissait pas, ne disait pas de bêtises. Seulement, ses yeux avaient l'air de regarder plus loin et il était encore plus éloquent quand il parlait.

*

Il se réveilla dans son lit, avec un violent mal de tête. Il entra dans la cuisine et trouva sa mère qui essayait de moudre le café sans bruit.

Avec un regard extatique elle lui souffla :

— Chut !... Il dort...

Et Charles eut des gestes aussi précautionneux pour endosser son uniforme du chemin de fer, puis pour refermer la porte d'entrée.

Il était tôt. Il n'y avait pas de soleil, pas de pluie non plus. C'était un jour comme les autres, un jour banal qui commençait.

1938.

DU MÊME AUTEUR

Dans la collection Folio Policier

LE LOCATAIRE (n° 45).

45° À L'OMBRE (n° 289).

LES DEMOISELLES DE CONCARNEAU (n° 46).

LE TESTAMENT DONADIEU (n° 140).

L'ASSASSIN (n° 61).

FAUBOURG (n° 158).

CEUX DE LA SOIF (n° 100).

CHEMIN SANS ISSUE (n° 247).

LES TROIS CRIMES DE MES AMIS (n° 159).

LA MAUVAISE ÉTOILE (n° 213).

LE SUSPECT (n° 54).

LES SŒURS LACROIX (n° 181).

LA MARIE DU PORT (n° 167).

L'HOMME QUI REGARDAIT PASSER LES TRAINS (n° 96).

LE CHEVAL BLANC (n° 182).

LE COUP DE VAGUE (n° 101).

LE BOURGMESTRE DE FURNES (n° 110).

LES INCONNUS DANS LA MAISON (n° 90).

IL PLEUT BERGÈRE... (n° 211).

LE VOYAGEUR DE LA TOUSSAINT (n° 111).

ONCLE CHARLES S'EST ENFERMÉ (n° 288).

LA VEUVE COUDERC (n° 235).

LA VÉRITÉ SUR BÉBÉ DONGE (n° 98).

LE RAPPORT DU GENDARME (n° 160).

L'AÎNÉ DES FERCHAUX (n° 201).

LE CERCLE DES MAHÉ (n° 99).

LES SUICIDÉS (n° 321).

LE FILS CARDINAUD (n° 339).

LE BLANC À LUNETTES (n° 343).

LES PITARD (n° 355).

TOURISTE DE BANANES (n° 384).

LES NOCES DE POITIERS (n° 385).

L'ÉVADÉ (n° 379).

LES SEPT MINUTES (n° 389).

QUARTIER NÈGRE (n° 426).

LES CLIENTS D'AVRENOS (n° 442).

LA MAISON DES SEPT JEUNES FILLES suivi du CHÂLE DE MARIE DUDON (n° 443).

LES RESCAPÉS DU TÉLÉMAQUE (n° 478).

MALEMPIN (n° 497).

COLLECTION FOLIO POLICIER

Dernières parutions

126. Yasmina Khadra — *Morituri*
127. Jean-Bernard Pouy — *Spinoza encule Hegel*
128. Patrick Raynal — *Nice 42ᵉ rue*
129. Jean-Jacques Reboux — *Le massacre des innocents*
130. Robin Cook — *Les mois d'avril sont meurtriers*
131. Didier Daeninckx — *Play-back*
133. Pierre Magnan — *Les secrets de Laviolette*
135. Bernhard Schlink/
     Walter Popp — *Brouillard sur Mannheim*
136. Donald Westlake — *Château en Esbroufe*
137. Hervé Jaouen — *Hôpital souterrain*
138. Raymond Chandler — *La dame du lac*
139. David Goodis — *L'allumette facile*
140. Georges Simenon — *Le testament Donadieu*
142. Boileau-Narcejac — *La main passe*
143. Robert Littell — *Ombres rouges*
144. Ray Ring — *Arizona kiss*
145. Gérard Delteil — *Balles de charité*
146. Robert L. Pike — *Tout le monde au bain*
147. Rolo Diez — *L'effet tequila*
148. Yasmina Khadra — *Double blanc*
149. Jean-Bernard Pouy — *À sec !*
150. Jean-Jacques Reboux — *Poste mortem*
151. Pascale Fonteneau — *Confidences sur l'escalier*
152. Patrick Raynal — *La clef de seize*
153. A.D.G. — *Pour venger pépère*
154. James Crumley — *Les serpents de la frontière*
155. Ian Rankin — *Le carnet noir*
156. Louis C. Thomas — *Une femme de trop*
157. Robert Littell — *Les enfants d'Abraham*
158. Georges Simenon — *Faubourg*
159. Georges Simenon — *Les trois crimes de mes amis*
160. Georges Simenon — *Le rapport du gendarme*

161. Stéphanie Benson — *Une chauve-souris dans le grenier*
162. Pierre Siniac — *Reflets changeants sur mare de sang*
163. Nick Tosches — *La religion des ratés*
164. Frédéric H. Fajardie — *Après la pluie*
165. Matti Y. Joensuu — *Harjunpää et le fils du policier*
166. Yasmina Khadra — *L'automne des chimères*
167. Georges Simenon — *La Marie du Port*
168. Jean-Jacques Reboux — *Fondu au noir*
169. Dashiell Hammett — *Le sac de Couffignal*
170. Sébastien Japrisot — *Adieu l'ami*
171. A.D.G. — *Notre frère qui êtes odieux...*
172. William Hjortsberg — *Nevermore*
173. Gérard Delteil — *Riot gun*
174. Craig Holden — *Route pour l'enfer*
175. Nick Tosches — *Trinités*
176. Frederic H. Fajardie — *Clause de style*
177. Alain Page — *Tchao pantin*
178. Harry Crews — *La foire aux serpents*
179. Stéphanie Benson — *Un singe sur le dos*
180. Lawrence Block — *Un danse aux abattoirs*
181. Georges Simenon — *Les sœurs Lacroix*
182. Georges Simenon — *Le cheval Blanc*
183. Albert Simonin — *Touchez pas au grisbi !*
184. Jean-Bernard Pouy — *Suzanne et les ringards*
185. Pierre Siniac — *Les monte-en-l'air sont là !*
186. Robert Stone — *Les guerriers de l'enfer*
187. Sylvie Granotier — *Sueurs chaudes*
188. Boileau-Narcejac — *Et mon tout est un homme*
189. A.D.G. — *On n'est pas des chiens*
190. Jean Amila — *Le boucher des Hurlus*
191. Robert Sims Reid — *Cupide*
192. Max Allan Collins — *La mort est sans remède*
193. Jean-Bernard Pouy — *Larchmütz 5632*
194. Jean-Claude Izzo — *Total Khéops*
195. Jean-Claude Izzo — *Chourmo*
196. Jean-Claude Izzo — *Solea*
197. Tom Topor — *L'orchestre des ombres*
198. Pierre Magnan — *Le tombeau d'Helios*
199. Thierry Jonquet — *Le secret du rabbin*
200. Robert Littell — *Le fil rouge*

201. Georges Simenon — *L'aîné des Ferchaux*
202. Patrick Raynal — *Le marionnettiste*
203. Didier Daeninckx — *La repentie*
205. Charles Williams — *Le pigeon*
206. Francisco González Ledesma — *Les rues de Barcelone*
207. Boileau-Narcejac — *Les louves*
208. Charles Williams — *Aux urnes, les ploucs !*
209. Larry Brown — *Joe*
210. Pierre Pelot — *L'été en pente douce*
211. Georges Simenon — *Il pleut bergère...*
212. Thierry Jonquet — *Moloch*
213. Georges Simenon — *La mauvaise étoile*
214. Philip Lee Williams — *Coup de chaud*
215. Don Winslow — *Cirque à Piccadilly*
216. Boileau-Narcejac — *Manigances*
217. Oppel — *Piraña matador*
218. Yvonne Besson — *Meurtres à l'antique*
219. Michael Dibdin — *Derniers feux*
220. Norman Spinrad — *En direct*
221. Charles Williams — *Avec un élastique*
222. James Crumley — *Le canard siffleur mexicain*
223. Henry Farrell — *Une belle fille comme moi*
224. David Goodis — *Tirez sur le pianiste !*
225. William Irish — *La sirène du Mississippi*
226. William Irish — *La mariée était en noir*
227. José Giovanni — *Le trou*
228. Jerome Charyn — *Kermesse à Manhattan*
229. A.D.G. — *Les trois Badours*
230. Paul Clément — *Je tue à la campagne*
231. Pierre Magnan — *Le parme convient à Laviolette*
232. Max Allan Collins — *La course au sac*
233. Jerry Oster — *Affaires privées*
234. Jean-Bernard Pouy — *Nous avons brûlé une sainte*
235. Georges Simenon — *La veuve Couderc*
236. Peter Loughran — *Londres Express*
237. Ian Fleming — *Les diamants sont éternels*
238. Ian Fleming — *Moonraker*
239. Wilfrid Simon — *La passagère clandestine*
240. Edmond Naughton — *Oh ! collègue*
241. Chris Offutt — *Kentucky Straight*

242. Ed McBain   *Coup de chaleur*
243. Raymond Chandler   *Le jade du mandarin*
244. David Goodis   *Les pieds dans les nuages*
245. Chester Himes   *Couché dans le pain*
246. Élisabeth Stromme   *Gangraine*
247. Georges Simenon   *Chemin sans issue*
248. Paul Borelli   *L'ombre du chat*
249. Larry Brown   *Sale boulot*
250. Michel Crespy   *Chasseurs de tête*
251. Dashiell Hammett   *Papier tue-mouches*
252. Max Allan Collins   *Mirage de sang*
253. Thierry Chevillard   *The Bad Leitmotiv*
254. Stéphanie Benson   *Le loup dans la lune bleue*
255. Jérome Charyn   *Zyeux-bleus*
256. Jim Thompson   *Le lien conjugal*
257. Jean-Patrick Manchette   *Ô dingos, ô châteaux !*
258. Jim Thompson   *Le démon dans ma peau*
259. Robert Sabbag   *Cocaïne blues*
260. Ian Rankin   *Causes mortelles*
261. Ed McBain   *Nid de poulets*
262. Chantal Pelletier   *Le chant du bouc*
263. Gérard Delteil   *La confiance règne*
264. François Barcelo   *Cadavres*
265. David Goodis   *Cauchemar*
266. John D. MacDonald   *Strip-tilt*
267. Patrick Raynal   *Fenêtre sur femmes*
268. Jim Thompson   *Des cliques et des cloaques*
269. Lawrence Block   *Huit millions de façons de mourir*
270. Joseph Bialot   *Babel-Ville*
271. Charles Williams   *Celle qu'on montre du doigt*
272. Charles Williams   *Mieux vaut courir*
273. Ed McBain   *Branle-bas au 87*
274. Don Tracy   *Neiges d'antan*
275. Michel Embareck   *Dans la seringue*
276. Ian Rankin   *Ainsi saigne-t-il*
277. Bill Pronzini   *Le crime de John Faith*
278. Marc Behm   *La Vierge de Glace*
279. James Eastwood   *La femme à abattre*
280. Georg Klein   *Libidissi*
281. William Irish   *J'ai vu rouge*
282. David Goodis   *Vendredi 13*

283. Chester Himes — *Il pleut des coups durs*
284. Guillaume Nicloux — *Zoocity*
285. Lakhdar Belaïd — *Sérail killers*
286. Caryl Férey — *Haka*
287. Thierry Jonquet — *Le manoir des immortelles*
288. Georges Simenon — *Oncle Charles s'est enfermé*
289. Georges Simenon — *45° à l'ombre*
290. James M. Cain — *Assurance sur la mort*
291. Nicholas Blincoe — *Acid Queen*
292. Robin Cook — *Comment vivent les morts*
293. Ian Rankin — *L'ombre du tueur*
294. François Joly — *Be-bop à Lola*
295. Patrick Raynal — *Arrêt d'urgence*
296. Craig Smith — *Dame qui pique*
297. Bernhard Schlink — *Un hiver à Mannheim*
298. Francisco González
   Ledesma — *Le dossier Barcelone*
299. Didier Daeninckx — *12, rue Meckert*
300. Dashiell Hammett — *Le grand braquage*
301. Dan Simmons — *Vengeance*
302. Michel Steiner — *Mainmorte*
303. Charles Williams — *Une femme là-dessous*
304. Marvin Albert — *Un démon au paradis*
305. Fredric Brown — *La belle et la bête*
306. Charles Williams — *Calme blanc*
307. Thierry Crifo — *La ballade de Kouski*
308. José Giovanni — *Le deuxième souffle*
309. Jean Amila — *La lune d'Omaha*
310. Kem Nunn — *Surf City*
311. Matti Y. Joensuu — *Harjunpää et l'homme-oiseau*
312. Charles Williams — *Fantasia chez les ploucs*
313. Larry Beinhart — *Reality show*
315. Michel Steiner — *Petites morts dans un hôpital psychiatrique de campagne*
316. P.J. Wolfson — *À nos amours*
317. Charles Williams — *L'ange du foyer*
318. Pierre Rey — *L'ombre du paradis*
320. Carlene Thompson — *Ne ferme pas les yeux*
321. Georges Simenon — *Les suicidés*
322. Alexandre Dumal — *En deux temps, trois mouvements*
323. Henry Porter — *Une vie d'espion*

324. Dan Simmons — *L'épée de Darwin*
325. Colin Thibert — *Noël au balcon*
326. Russel Greenan — *La reine d'Amérique*
327. Chuck Palahniuk — *Survivant*
328. Jean-Bernard Pouy — *Les roubignoles du destin*
329. Otto Friedrich — *Le concasseur*
330. François Muratet — *Le Pied-Rouge*
331. Ridley Pearson — *Meurtres à grande vitesse*
332. Gunnar Staalesen — *Le loup dans la bergerie*
333. James Crumley — *La contrée finale*
334. Matti Y. Joensuu — *Harjunpää et les lois de l'amour*
335. Sophie Loubière — *Dernier parking avant la plage*
336. Alessandro Perissinotto — *La chanson de Colombano*
337. Christian Roux — *Braquages*
338. Gunnar Staalesen — *Pour le meilleur et pour le pire*
339. Georges Simenon — *Le fils Cardinaud*
340. Tonino Benacquista — *Quatre romans noirs*
341. Richard Matheson — *Les seins de glace*
342. Daniel Berkowicz — *La dernière peut-être*
343. Georges Simenon — *Le blanc à lunettes*
344. Graham Hurley — *Disparu en mer*
345. Bernard Mathieu — *Zé*
346. Ian Rankin — *Le jardin des pendus*
347. John Farris — *Furie*
348. Carlene Thompson — *Depuis que tu es partie*
349. Luna Satie — *À la recherche de Rita Kemper*
350. Kem Nunn — *La reine de Pomona*
351. Chester Himes — *Dare-dare*
352. Joe R. Lansdale — *L'arbre à bouteilles*
353. Peppe Ferrandino — *Le respect*
354. Davis Grubb — *La nuit du chasseur*
355. Georges Simenon — *Les Pitard*
356. Donald Goines — *L'accro*
357. Colin Bateman — *La bicyclette de la violence*
358. Staffan Westerlund — *L'institut de recherches*
359. Matilde Asensi — *Iacobus*
360. Henry Porter — *Nom de code : Axiom Day*
361. Colin Thibert — *Royal Cambouis*
362. Gunnar Staalesen — *La Belle dormit cent ans*
363. Don Winslow — *À contre-courant du Grand Toboggan*

364. Joe R. Lansdale — *Bad Chili*
365. Christopher Moore — *Un blues de coyote*
366. Jo Nesbø — *L'homme chauve-souris*
367. Jean-Bernard Pouy — *H4Blues*
368. Arkadi et Gueorgui Vaïner — *L'Évangile du bourreau*
369. Staffan Westerlund — *Chant pour Jenny*
370. Chuck Palahniuk — *Choke*
371. Dan Simmons — *Revanche*
372. Charles Williams — *La mare aux diams*
373. Don Winslow — *Au plus bas des Hautes Solitudes*
374. Lalie Walker — *Pour toutes les fois*
375. Didier Daeninckx — *La route du Rom*
376. Yasmina Khadra — *La part du mort*
377. Boston Teran — *Satan dans le désert*
378. Giorgio Todde — *L'état des âmes*
379. Patrick Pécherot — *Tiuraï*
380. Henri Joseph — *Le paradis des dinosaures*
381. Jean-Bernard Pouy — *La chasse au tatou dans la pampa argentine*
382. Jean-Patrick Manchette — *La Princesse du sang*
383. Dashiell Hammett — *L'introuvable*
384. Georges Simenon — *Touriste de bananes*
385. Georges Simenon — *Les noces de Poitiers*
386. Carlene Thompson — *Présumée coupable*
387. John Farris — *Terreur*
388. Manchette-Bastid — *Laissez bronzer les cadavres !*
389. Graham Hurley — *Coups sur coups*
390. Thierry Jonquet — *Comedia*
391. George P. Pelecanos — *Le chien qui vendait des chaussures*
392. Ian Rankin — *La mort dans l'âme*
393. Ken Bruen — *R&B. Le gros coup*
394. Philip McLaren — *Tueur d'aborigènes*
395. Eddie Little — *Encore un jour au paradis*
396. Jean Amila — *Jusqu'à plus soif*
397. Georges Simenon — *L'évadé*
398. Georges Simenon — *Les sept minutes*
399. Leif Davidsen — *La femme de Bratislava*
400. Batya Gour — *Meurtre sur la route de Bethléem*
401. Lamaison-Sophocle — *Œdipe roi*

402. Chantal Pelletier — *Éros et Thalasso*
403. Didier Daeninckx — *Je tue il...*
404. Thierry Jonquet — *Du passé faisons table rase*
405. Patrick Pécherot — *Les brouillards de la Butte*
406. Romain Slocombe — *Un été japonais*
407. Joe R. Lansdale — *Les marécages*
408. William Lashner — *Vice de forme*
409. Gunnar Staalesen — *La femme dans le frigo*
410. Franz-Olivier Giesbert — *L'abatteur*
411. James Crumley — *Le dernier baiser*
412. Chuck Palahniuk — *Berceuse*
413. Christine Adamo — *Requiem pour un poisson*
414. James Crumley — *Fausse piste*
415. Cesare Battisti — *Les habits d'ombre*
416. Cesare Battisti — *Buena onda*
417. Ken Bruen — *Delirium tremens*
418. Jo Nesbø — *Les cafards*
419. Batya Gour — *Meurtre au Kibboutz*
420. Jean-Claude Izzo — *La trilogie Fabio Montale*
421. Douglas Kennedy — *Cul-de-sac*
422. Franco Mimmi — *Notre agent en Judée*
423. Caryl Férey — *Plutôt crever*
424. Carlene Thompson — *Si elle devait mourir*
425. Laurent Martin — *L'ivresse des dieux*
426. Georges Simenon — *Quartier nègre*
427. Jean Vautrin — *À bulletins rouges*
428. René Fregni — *Lettre à mes tueurs*
429. Lalie Walker — *Portées disparues*
430. John Farris — *Pouvoir*
431. Graham Hurley — *Les anges brisés de Somerstown*
432. Christopher Moore — *Le lézard lubrique de Melancholy Cove*
433. Dan Simmons — *Une balle dans la tête*
434. Franz Bartelt — *Le jardin du Bossu*
435. Reiner Sowa — *L'ombre de la Napola*
436. Giorgio Todde — *La peur et la chair*
437. Boston Teran — *Discovery Bay*
438. Bernhard Schlink — *Le nœud gordien*
439. Joseph Bialot — *Route Story*
440. Martina Cole — *Sans visage*
441. Thomas Sanchez — *American Zazou*

442. Georges Simenon — *Les clients d'Avrenos*
443. Georges Simenon — *La maison des sept jeunes filles*
444. J.-P. Manchette &
  B.-J. Sussman — *L'homme au boulet rouge*
445. Gerald Petievich — *La sentinelle*
446. Didier Daeninckx — *Nazis dans le métro*
447. Batya Gour — *Le meurtre du samedi matin*
448. Gunnar Staalesen — *La nuit, tous les loups sont gris*
449. Matilde Asensi — *Le salon d'ambre*
450. Jo Nesbø — *Rouge-gorge*
451. Olen Steinhauer — *Cher camarade*
452. Pete Dexter — *Deadwood*
454. Keith Ablow — *Psychopathe*
455. Batya Gour — *Meurtre à l'université*
456. Adrian McKinty — *À l'automne, je serai peut-être
  mort*
457. Chuck Palahniuk — *Monstres invisibles*
458. Bernard Mathieu — *Otelo*
459. James Crumley — *Folie douce*
460. Henry Porter — *Empire State*
461. James Hadley Chase — *Pas d'orchidées pour Miss Blan-
  dish*
462. James Hadley Chase — *La chair de l'orchidée*
463. James Hadley Chase — *Eva*
464. Arkadi et Gueorgui
  Vaïner — *38, rue Petrovka*
465. Ken Bruen — *Toxic Blues*
466. Larry Beinhart — *Le bibliothécaire*
467. Caryl Férey — *La jambe gauche de Joe Strummer*
468. Jim Thompson — *Deuil dans le coton*
469. Jim Thompson — *Monsieur Zéro*
470. Jim Thompson — *Éliminatoires*
471. Jim Thompson — *Un chouette petit lot*
472. Lalie Walker — *N'oublie pas*
473. Joe R. Lansdale — *Juillet de sang*
474. Batya Gour — *Meurtre au Philharmonique*
475. Carlene Thompson — *Les secrets sont éternels*
476. Harry Crews — *Le Roi du K.O.*
477. Georges Simenon — *Malempin*
478. Georges Simenon — *Les rescapés du Télémaque*

Composition Facompo
Impression Novoprint
le 12 juin 2007
Dépôt légal : juin 2007

ISBN 978-2-07-034648-8 / Imprimé en Espagne.